Gerhard Burtscher

Männer im Herbst

Von Lichtblicken im Leben alternder Knaben

Ein original **HASENZAHN**© Lesebuch
Einzigartig, unvollkommen, liebenswert.

Bibliografische Information der Deutschen Nationalbibliothek:
Die Deutsche Nationalbibliothek verzeichnet diese Publikation in der Deutschen Nationalbibliografie; detaillierte bibliografische Daten sind im Internet über http://dnb.dnb.de abrufbar.

©2017 Gerhard Burtscher (www.gerhard-burtscher.at)
Layout und Umschlaggestaltung: Gerhard Burtscher
Lektorat: Karin Burtscher
Herstellung und Verlag:
BoD - Books on Demand, Norderstedt
ISBN: 9783743191617

*Für Karin, meine Frau,
und meine Freunde und Wegbegleiter, die mir Wind
unter den Flügeln sind und waren.*

Inhalt

Ein Wort vorab   9

Die Heimkehr des Wolfgang L.   15

Ein Gruß aus dem Jenseits   53

Ferien in den Bergen   69

Die Wienfahrt   89

Eine Reise nach Brandenburg   107

Projekt Liebe 2.0   125

Ein Wort vorab

Die meisten von uns tun sich schwer, das Älterwerden anzunehmen oder gar zu mögen. Es ist wie ein ungeschicktes Kind, mit dem keiner spielen will. Wie sollte es auch anders sein. Es schneidet uns ab von dem, was gewesen ist, was wir kannten und was in der Rückschau so wunderbar war, und es macht uns Angst vor dem Unbekannten, dem, was auf uns zukommt.

Älter werden ist Veränderung, und Veränderung mögen wir nicht. Obwohl wir wissen, dass sie das einzig Beständige in unserem Leben ist.

Als wir noch Kinder waren, war das anders. Da hieß Älterwerden mehr dürfen, mehr Teilhabe, Wachstum. Wir konnten es nicht erwarten, die Kindheit endlich hinter uns zu lassen und älter, erwachsen zu werden. Nicht müssen, endlich frei sein von der engen Welt und den Ge- und Verboten unserer Eltern und Erzieher. Es war die Sehnsucht des Bergsteigers nach dem Gipfel.

Jetzt, da der Gipfel knapp hinter uns liegt, dreht die Perspektive. Die Endlichkeit unseres Daseins wird uns immer wieder vor Augen geführt. Plötzlich bedeutet älter werden nicht mehr Aufstieg, sondern Abstieg. Weniger werden, schwächer, vergehen. Ob wir wollen oder nicht, wir müssen da runter, weil da unten unser Ursprung und unser Ende liegen.

Weil wir das Ziel unseres Abstiegs nicht mögen, mögen wir auch den Weg dahin nicht. Achtlos lassen wir die Geschenke, die entlang des Weges auf uns warten, links liegen und schreiten mürrisch und klagend voran. Obwohl wir wissen, dass wir gar nicht anders können. Dass, wenn wir nicht schreiten, wir halt geschritten werden. Weil das Leben gar keine Zeit hat, mit uns zu diskutieren. Es tut, was es tun muss. Es geht seinen Gang.

Und so verplempern wir unsere Zeit, indem wir laut lamentierend den Umstand beklagen, dass jetzt, im Herbst, nicht mehr Frühling ist, und laufen Gefahr, in ein paar Jahren plötzlich im Winter zu landen, ohne den Herbst je erlebt zu haben.

Die Geschichten der Männer in diesem Buch legen nahe, dass wir dem Älterwerden unrecht tun. Wir verurteilen es und nehmen ihm vorauseilend die Chance, uns von den Vorteilen späterer Tage zu überzeugen.

Würden wir akzeptieren, was ohnehin nicht vermeidbar ist und uns einlassen auf den Fluss des Lebens, würden wir uns viel Frust ersparen und den Weg für Lichtblicke freimachen, die sehnsüchtig darauf warten, von uns entdeckt zu werden.

Dass es irgendwann trotzdem aus ist, gehört zum Leben. Aber stellen Sie sich vor, Sie lägen da, im Sterben begriffen, starrten zur Decke und müssten erkennen, dass Sie die Schönheit des Herbstes nicht genossen haben.

Sie würden es sich nie verzeihen.

*Die meisten Namen in diesem Buch sind
frei erfunden. Ähnlichkeiten mit noch lebenden
Personen können nicht ausgeschlossen werden.*

Die Heimkehr des Wolfgang L.

Als Korbinian Hauerwaas im April vorigen Jahres von dem Lokalreporter einer Münchener Zeitung gefragt wurde, wie er sich denn fühle, jetzt, nach fünfzehn Jahren in Haft, wieder in Freiheit zu gelangen, und was er denn als erstes tun würde nach seiner Entlassung, waren seine Antworten klar und auf den Punkt.

Er hätte, so meinte er auf die erste Frage, jetzt mit zweiundsechzig Jahren eigentlich keine Veränderung mehr gebraucht und gut damit leben können, wenn er bis an sein Lebensende in der Anstalt hätte bleiben müssen. Draußen hätte sich seit seiner Verurteilung ja viel verändert und vor allem beschleunigt, und ob er da überhaupt noch mitkommen würde, sei die Frage. Kurzum: Er wäre lieber geblieben, wo er war.

„Aber", so fügte er an, „wenn es denn sein soll, dass ich in Freiheit komme, werde ich das sicher eine Zeit lang überleben."

Immerhin war er ja vor dem „Unglück", wie er es nannte, ein unbescholtener, erfolgreicher Versicherungsvertreter und Anlageberater und hatte Erfahrung im Umgang mit klassischen Geldanlagen wie Aktien, Anleihen und den unterschiedlichen Sparformen; ein Wissen, das vor allem seine betagte Klientel gerne abgriff, wenn es darum ging, ihr mühsam Erspartes für das Altenteil zu retten.

Im Gefängnis hatte er die dramatischen Entwicklungen an den Finanzmärkten laufend im Wirtschaftsteil der Tageszeitungen verfolgt, und in seinem Kopf irrlichterte schon die eine oder andere Idee, wie er sich in seinem alten Metier wieder nützlich machen könne. Er hatte extra zu diesem Zweck auch einen Computerkurs belegt und sich mit den neuesten Tradingtechniken vertraut gemacht.

Auch einige seiner Mitinsassen hatten Dienstleistungsbedarf für den Fall angemeldet, dass Hauerwaas wieder in die Freiheit gelange und sicherten ihm zu, ihn angemessen für seine Dienste zu entlohnen. Der „Banker", wie sie ihn hier nannten, hatte also berechtigte Hoffnung auf einen Neuanfang ohne finanzielle Not.

Dass er seine Frau und seine Schwiegermutter in jener denkwürdigen Nacht im Dezember 1990, nach einer Weihnachtsfeier seiner Firma, im Suff erschlagen und dann im Keller seines Bauernhauses verscharrt habe, hat Hauerwaas von Anfang an zugegeben. Auch dass er die Polizei mit einer fingierten Vermisstenanzeige an der Nase herumgeführt hätte, gab er zu. Was er aber bis zuletzt bestritt, war, die Tat mit Vorsatz begangen zu haben. Also fällte das Gericht sein hartes Urteil auf der Basis einer Reihe von Indizien, die sich unisono gegen ihn richteten.

Aber all das sei verschüttete Milch, sagte er unwirsch zu dem Reporter, der in dieser Wunde noch einmal rühren wollte, und bedeutete ihm, dass er kein Interesse habe, die Vergangenheit aufzuwärmen.

Punktum.

Die Frage, was er denn als Erstes nach der Entlassung zu unternehmen gedenke, beantwortete er dagegen gerne und mit einem aufgeregten Vibrato in der Stimme.

„Als erstes," sagte er, „werde ich meine Schwester aufsuchen. Die hat sich bereit erklärt, mich vorübergehend bei sich aufzunehmen. Dann werde ich ein Bad nehmen, mich rasieren, meine Haare waschen und meine Kombination mit dem blauen Blazer anziehen. Dann gehe ich in das Steakhouse beim Alten Peter und bestelle mir das größte Ribeye-Steak, das sie im Angebot haben. Dazu trinke ich eine Halbe Augustiner Edelstoff und zur Krönung ein Viertel Rioja.

Und dann", jetzt blitzten seine Augen kurz auf, „dann gehe ich in den „Eierkratzer", den Puff am Euro Industriepark, und schaue, ob sich ein einfühlsames Mädchen findet, das bereit ist, meiner schwindenden Erinnerung an diese Art von Glück behutsam auf die Sprünge zu helfen."

So ungefähr stand es dann auch in der Meldung, die der „Münchener Nachtbote" in großer Aufmachung zwei Tage darauf unter dem Titel „Fehlurteil? Ein neues Leben nach fünfzehn Jahren Haft." als Aufmacher brachte. Nur die Namen der Etablissements wurden nicht genannt, und aus dem Puffbesuch wurde der Besuch eines Nachtclubs.

Wolfgang Liebeskind, scheidender Marketing- und Vertriebschef eines Münchener Softwarekonzerns, kam zur Originalfassung dieser Geschichte, weil Peter Grasmüller, der Verfasser des Zeitungsartikels, ein alter Weggefährte aus Münchener Studienzeiten war und dieser es für eine gute Idee hielt, diese Begebenheit im Rahmen seiner Laudatio für Liebeskind zum Besten zu geben. Diese wiederum war Teil einer pompösen Verabschiedungsfeier, mit der sich die Firma bei ihrem frischgebackenen Rentner für seinen herausragenden Beitrag in den letzten dreißig Jahren bedankte.

„Ich wünsche Dir," sagte Grasmüller am Ende seiner Rede „dass Du, lieber Wolfgang, nach all den Jahren im Gefängnis Deiner Arbeitswelt, mit ähnlich klaren Vorstellungen und angstfrei vor die Türe treten und Deine neue Freiheit in vollen Zügen genießen kannst!"

Lautstarker Applaus bestätigte, dass die Geschichte beim Publikum gut angekommen war.

Liebeskind stand auf, gab Grasmüller die Hand und flüsterte ihm etwas ins Ohr. Dann trat er ans Rednerpult, strich sein verschwitztes, langes Haar aus der hohen Stirn, rückte seine Brille zurecht und merkte als Erstes an, dass er die Metapher, mit der Grasmüller gearbeitet hatte, nicht wirklich schlüssig fände.

„Zum einen", sagte er, „habe ich meine Berufswelt nie als Gefängnis, sondern vielmehr als eine große Spielwiese betrachtet, auf der ich mich nach Kräften ausleben und meine Krallen schärfen konnte, zum anderen war für mich meine Arbeit nicht weniger als mein Leben."

In der Tat stammte die Mehrzahl seiner Sozialkontakte aus dieser Welt, und auch die Themen, die ihn nach Dienstschluss interessierten, waren fast ausschließlich geschäftlicher oder wirtschaftlicher Natur.

Was ihn aber schon mit Hauerwaas, dem entlassenen Sträfling, in ein Boot setzte, war die Tatsache, dass ihm die Welt außerhalb seiner Geschäftsumgebung in all den Jahren fremd geworden war. Seine Angst vor dem unbekannten Umfeld, das zuhause auf ihn wartete, war weit größer als die Vorfreude, die er beim Gedanken an die Freiheit nach dem Arbeitsleben empfand.

Die meisten Sorgen bereitete ihm die Tatsache, dass Sabine, seine Frau, seit einem Jahr in Rente und demzufolge, trotz einer Nebenbeschäftigung, öfter zuhause war als früher. Sie würden also zwangsweise sehr viel Zeit miteinander verbringen müssen, und ihm stand so gut wie keine Fluchtmöglichkeit offen. Er war ihre tägliche Nähe einfach nicht gewohnt und malte sich das Nebeneinander in den dunkelsten Farben aus.

Einladungen von und bei Sabines Freunden, die Teilnahme an Vernissagen, Konzerten und Theaterbesuchen, sowie die wöchentlich im Haus stattfindenden Bridgerunden der Damen standen vor seinem geistigen Auge wie riesige schwarze Gespenster und glotzten ihn an.

Was genau würde wohl seine Rolle sein in diesem Leben? Worüber könnte er sich definieren in diesen Schlangengruben von selbsternannten Kunstexperten, Musikkennern und Golflangweilern? Was würde er antworten, wenn sie ihn fragten, was ihn antreibt, wofür er brennt? Wie würde er reagieren, wenn Sabine ihm den Mülleimer in die Hand drücken und ihn bitten würde, ihn eben mal nach draußen zu bringen? Würde er ein rechtloser Nützling, dem die, die noch am aktiven Leben teilnahmen, beliebige Aufgaben stellen und deren Erledigung erwarten durften? Würde er seinen Enkel hüten und mit ihm spielen müssen?

Diese und andere Fragen raubten ihm schon seit Tagen den Schlaf, und er hatte so gut wie keine Antworten, geschweige denn einen Plan. Ihm war auch bewusst, dass die alte Welt für einen wie ihn keine Rückkehrmöglichkeiten bot.

Wie oft hatte er erlebt, dass ein eben pensionierter Kollege versucht hatte, ihn für eine private Aktivität zu gewinnen und er dies für unergiebig erachtet hatte, weil dieser Mann ja keine Rolle mehr spielte in seinem Leben, weil er eine „lame duck", eine lahme Ente war, und jetzt war er selber eine.

Also entschloss er sich an diesem Abend, seine Abschiedsfeier künstlich bis zum frühen Morgen auszudehnen, um so lange wie möglich in seiner alten Welt verbleiben zu können.

›Das Morgen wird für sich selber sorgen‹, dachte er.

Erst als Ernst, der dicke Hausmeister, mit dem er kurz zuvor noch Brüderschaft getrunken hatte, schwer angeschlagen und zusammengesunken vor der ramponierten Musikbox auf dem Steinfußboden hockte und das Lied: „Ich hatt´ einen Kameraden" intonierte, wusste er, dass der Höhepunkt überschritten und es Zeit war, der Realität ins Auge zu blicken.

Er trank das allerletzte Glas Glenmorangie auf Firmenkosten und schlief auf der Stelle ein. Die Putzfrau, die ihn kurz vor sieben fand, schwor ihm bei allem, was ihr heilig war, niemandem von seinem Anblick und seinem Zustand zu erzählen.

›Was für ein Jammer, dass so ein Prachtexemplar

von einem Mannsbild schon jetzt zum alten Eisen geworfen wird‹, dachte sie bei sich. ›Den hätte ich noch gut gebrauchen können.‹

Dann richtete sie sich mit einem Seufzer auf und bestellte ein Taxi.

Sie war der letzte vertraute Mensch, den er in seiner alten Welt zurückgelassen hatte.

„Die Feier muss ja ein Riesenerfolg gewesen sein", meinte Sabine, als er gegen acht Uhr morgens, zerknittert und müde, die große Wohnküche betrat, wo sie gemeinsam mit Benjamin, ihrem Sohn, beim Frühstück saß.

Sein Anzug schaute aus, als ob er darin geschlafen hätte, seine Krawatte baumelte lose an seinem Hals, und auf dem Revers seines Jacketts hatte sich ein Fleck breitgemacht, der aussah wie ein Orden, den man dem frisch gebackenen Jungrentner angeheftet hatte. Die Ringe unter den Augen und das zerzauste Haar sprachen Bände.

„Eine ausgiebige Dusche wird Dir jetzt sicher guttun", meinte Benjamin und grinste. „Das lässt Dich und die Welt wieder in einem ganz neuen Licht erscheinen. Man kann Deine Erschöpfung riechen."

Liebeskind hatte keine Kraft, auf die ironische Bemerkung seines Sohnes zu reagieren und verschwand wortlos im Bad. Er brauchte jetzt zuallererst etwas gegen seine rasenden Kopfschmerzen. Und außerdem war er hundemüde.

Als er nach seiner Wiederherstellung in der Küche erschien, waren seine Frau und sein Sohn schon aus dem Haus. Marie, seine Tochter, lebte schon seit Jahren mit ihrer kleinen Familie in den eigenen vier Wänden im Süden von München.

Auf dem Tisch lag die Tageszeitung und eine Notiz, die besagte, dass er sein Frühstück im Kühlschrank fände und dass seine Frau mit ihren Golfdamen zu Besuch bei einem Partnerclub in der Nähe von Nürnberg wäre. Rückkehr voraussichtlich am frühen Abend. Wann genau, stand da nicht.

Liebeskind war froh, dass er den Tag frei gestalten konnte und frühstückte ausgiebig. Nachdem er die Zeitung gelesen hatte, räumte er das Frühstücksgeschirr ab und stellte sich in die offene Terrassentür. Er streckte sich mit ausgebreiteten Armen und begrüßte den nicht mehr ganz jungen Tag. Es war kurz nach zehn. Keine Wolke stand am Himmel, und es wehte eine angenehme Brise.

›So also fühlt sich Freiheit an‹, dachte Liebeskind. ›Gar nicht übel.‹

Dann ging er in sein Arbeitszimmer, um den E-Maileingang zu überprüfen. Nachdem er das Programm hochgefahren hatte, musste er feststellen, dass seine Mailadresse in der Firma nicht mehr funktionierte. Irritiert griff er zum Telefon und rief seine Sekretärin an.

„Irgendetwas stimmt mit meiner E-Mail nicht", sagte er und ignorierte Iris´ Frage, ob er denn gut nach Hause gekommen wäre.

„Ich werde mich gleich darum kümmern", sagte sie.

Eine halbe Stunde später wartete Liebeskind immer noch auf eine Rückmeldung. Als er nachhakte, entschuldigte Iris sich halbherzig:

„Dr. Ammon brauchte mich kurzfristig als Protokollantin in einer Sitzung. Aber jetzt kümmere ich mich gleich um Ihr Anliegen."

Liebeskind war pikiert. Ammon war vor Jahren als sein Assistent in die Firma gekommen und hatte sich dann im Darm des Finanzchefs hochgearbeitet. Nie hätte der früher gewagt, seine Sekretärin zu blockieren. Schon gar nicht, wenn diese mit einem Auftrag von ihm beschäftigt war.

Unwirsch klappte er seinen Laptop zu.

Fünf Minuten später war Franz Huber, der Leiter der IT-Abteilung am Telefon und erklärte ihm, dass seine Mailadresse mit dem Datum seines Ausscheidens gesperrt worden sei; ein sicherheitstechnisches Prozedere, das automatisch greift, wenn ein Mitarbeiter das Unternehmen verlässt.

„Ich bringe das für Sie in Ordnung", sagte er noch. „Spätestens morgen früh haben Sie eine private Mailadresse. Wenn Sie wollen, schicke ich Ihnen einen Mitarbeiter vorbei, der Ihr System auf den neusten

Stand bringt."

„Nicht nötig", sagte Liebeskind. „Das kriege ich gerade noch selber hin. Danke für Ihre Mühe."

Fünf Minuten später rief Ammon an und entschuldigte sich für die Inbeschlagnahme von Liebeskinds ehemaliger Sekretärin.

„Mir war nicht bewusst, dass Sie noch unter den Lebenden weilen", flachste er und fügte hinzu, dass er die IT-Abteilung angewiesen hätte, die Sache unverzüglich in Ordnung zu bringen.

„Wir wissen doch, was wir unseren Rentnern zu verdanken haben", ätzte er noch.

Das war zuviel für Liebeskind. Ohne weiteren Kommentar legte er auf.

„Du kleine, miese Ratte", zischte er und machte so seinem Ärger Luft. „Ich werde Dir noch zeigen, wo der Papa den Presssack holt."

Dann machte er sich auf den Weg in die Stadt, um eine neue SIM-Karte für sein iPhone zu erwerben. Seine alte Karte hatte er schon am Vortag in der Personalabteilung abgegeben.

Der Vorgang gestaltete sich schwieriger als erwartet. Ein blondierter, gepiercter Knabe ergoss sein gesamtes Tarif-Knowhow ungefiltert über Liebeskind, ohne dass dieser auch nur annähernd verstanden hätte, was für ihn Sinn machen könnte. Nach einer halben Stunde verließ er entnervt, aber stolz und im Besitz einer neuen Karte den Laden. Den Vertrag konnte er später noch prüfen.

Dieser Erfolg musste gefeiert werden. Liebeskind nahm Kurs auf sein Lieblingswirtshaus in der Dürnbräugasse und setzte sich in den Biergarten im Hof. Außer ihm waren nur zwei alte Damen anwesend, die Weißbier tranken und stilsicher an ihren Weißwürsten zuzelten.

Als die Bedienung auftauchte, bestellte er ein Helles und das Bierbratl von der Tageskarte. Es war lange her, dass er allein zu Mittag gegessen hatte. Sonst waren meist Mitarbeiter oder irgendwelche Kunden dabei. Aber sie gingen ihm nicht ab. Zu sehr war er mit seinen eigenen Gedanken beschäftigt, und das Kopfweh machte ihm wieder zu schaffen.

Nach dem Essen war ihm nach einem Kaffee und einer Schmalznudel. Das Café Frischhut in der Prälat-Zistl-Straße war wie immer brechend voll, aber er konnte noch einen Restplatz bei einer angeheiterten Runde junger Frauen ergattern, deren eine am nächsten Tag getraut werden sollte. Er gratulierte der designierten Braut, einem höchstens zwanzigjährigen, hübschen Ding mit künstlichen Zöpfen und verwischtem Augen-Makeup, spendierte einen Zehner für das junge Glück und bekam dafür einen schmalzgetränkten Kuss mitten auf die Stirn.

Etwas verwirrt schlenderte er über den Viktualienmarkt und kaufte Garnelen, frischen Knoblauch, ein Baguette und zwei Flaschen Sancerre. Damit wollte er am Abend seine Familie überraschen. Er war ein Meister in der Zubereitung dieses Gerichts. Allerdings war es auch das Einzige, wozu er als Koch imstande war.

Es war jetzt kurz vor drei. Wenn er sich beeilte, gingen sich noch ein paar Schwünge auf der Drivingrange in Grasbrunn aus. Das Abendessen hatte er für zwanzig Uhr eingeplant. Vorher waren Sabine und Benjamin sicher nicht zu Hause. Er hatte also ausreichend Zeit.

Als er kurz vor sieben zuhause ankam, blinkte der Anrufbeantworter. Sabine hatte eine Nachricht hinterlassen, wonach sie erst gegen Mitternacht zurück sein werde. Er solle mit dem Essen nicht auf sie warten. Sein Sohn tauchte kurz vor acht auf und verabschiedete sich gleich wieder. Er hatte eine Verabredung.

Liebeskind war frustriert. Jetzt war er einmal zuhause und keiner scherte sich darum. Er hatte sich den Abend mit seiner Familie anders vorgestellt. Verschnupft packte er die Vorräte für das Abendessen in die Tiefkühltruhe und machte sich auf den Weg in den Biergarten am Kleinhesseloher See.

Er hatte Hunger.

Als er vor der überbordenden Theke an der Essensausgabe stand, lachte ihn nichts an. Weder der feine Geruch der gebratenen Fische noch der Anblick der goldbraunen Hühner, die sich kopflos und träge am Spieß drehten, konnten heute seine Stimmung aufhellen. Uninspiriert bediente er sich am kalten Buffet und steuerte mit seinem Tablett vorsichtigen Schrittes auf einen freien Tisch am Wasser zu. Mürrisch saß er vor seiner Maß Bier und einem Obatztn und kaute an seiner Breze.

„Ist hier noch frei?", tönte es plötzlich von hinten, und Liebeskind nickte, ohne sich umzudrehen. Ein junges Paar, offenbar Auswärtige, setzte sich mit einem freundlichen Lächeln an den Tisch. Auf ihrem Tablett waren Nürnberger Bratwürste mit einer Portion Sauerkraut und ein Teller mit Wurstsalat. Eine Riesenbreze diente als Zuspeise.

„Guten Appetit!", sagten die beiden und hielten ihm ihre Maßkrüge entgegen, um mit ihm anzustoßen.

„Auch so", reagierte Liebeskind, machte aber keine Anstalten, die Unterhaltung zu vertiefen. Er hatte jetzt keine Lust auf ein Gespräch. Er wollte leiden.

„Wir sind aus Köln", fuhr die weibliche Komponente des Paares fort, ohne sich um Liebeskinds Befindlichkeit zu kümmern. „Morgen haben wir Hochzeitstag. Wir haben vor sechs Jahren in München geheiratet."

„Dann haben sie ja noch ein Jahr Frieden", grantelte Liebeskind und spielte damit auf das verflixte siebte Jahr an.

„Ja, Sie sind mir vielleicht ein Komiker", lachte der Mann. „Wir wollen schon noch ein paar Jahre länger machen."

Wieder kamen die Krüge in seine Richtung und sie prosteten ihm zu.

„Sie sind sicher Geschäftsmann", folgerte die junge Dame mit Blick auf sein Outfit. „Sind Sie beruflich in München?"

„Nein, ich lebe hier", gab Liebeskind kurz angebunden zurück.

„Und was machen Sie beruflich? Wir sind nämlich in der Werbebranche."

„Ich bin Rentner", sagte Liebeskind. Es war das erste Mal, dass er sich das sagen hörte.

„Ach Gott", meinte der Mann. „Das ist sicher nicht sehr spannend. Was tut man denn da den ganzen Tag?"

Liebeskind faselte etwas von Freiheit und endlich Zeit für Hobbys, aber es schien die beiden nicht mehr zu interessieren. Sie nickten nur mitfühlend und wandten sich dann ihren eigenen Themen zu. Als sie sich verabschiedeten, schlug ihm der Mann kumpelhaft auf die Schulter.

„Wird schon werden", meinte er noch im Weggehen.

›Das kann ja heiter werden‹, dachte Liebeskind. ›Die reden mit mir ja schon jetzt wie mit einem Deppen.‹

Zuhause angekommen, stand die Uhr auf kurz vor zehn. Benjamin schien zurück zu sein, denn aus seinem Zimmer im Dachgeschoss kam laute Musik. Als Liebeskind gerade die Treppe hochgehen wollte, hörte er Stöhnen und rhythmische Geräusche. Erschreckt fuhr er zurück. Das Kind konnte doch nicht ernsthaft... und das hier zuhause? Kopfschüttelnd ging er wieder nach unten ins Wohnzimmer.

Im Kühlschrank fand er noch eine angebrochene Flasche Sancerre.

›Na, wenigstens die Getränkeversorgung scheint zu funktionieren‹, dachte er sich und schenkte sich ein Glas ein.

Dann schaltete er den Fernseher ein und zappte durch das Programm. Es kam nichts, was ihn angesprochen hätte. Der Wein machte ihn müde, und Liebeskind schlief auf dem Sofa ein.

Kurz nach Mitternacht kam Sabine nach Hause und riss ihn aus dem Schlaf. Lang und breit erzählte sie ihm von ihrem Tag und war stolz darauf, dass es ihr gelungen war, ihr Handicap zu verbessern. Als Liebeskind anfangen wollte, von seinem Tag zu erzählen, winkte sie ab.

„Nicht mehr heute. Ich bin zu müde."

Dann gab sie ihm einen Kuss auf die Stirn und machte sich auf den Weg nach oben. Auf der Treppe drehte sie sich noch einmal um und fragte: „Hast Du eigentlich schon Gwendolin kennengelernt? Sie ist ein reizendes Mädchen."

„Ich habe sie gehört", knurrte Liebeskind.

„Dann lernt Ihr Euch sicher morgen beim Frühstück kennen. Gute Nacht, mein Lieber."

Mit diesen Worten verschwand sie im Bad.

Als Liebeskind noch einen Blick in Sabines Schlafzimmer warf, schlief diese schon tief und fest. Von weiter oben setzten die Geräusche wieder ein. Er drehte sich um und ging muffig in sein Zimmer.

›Was für ein Tag?‹, ging ihm durch den Kopf. ›Ein frischgebackener Rentner, eine frei schwingende Ehefrau und ein sexuell entfesseltes Kind.‹

Dass Letzteres schon neunundzwanzig Jahre zählte, war ihm in diesem Moment nicht bewusst.

Erschöpft schlief er ein.

Punkt sechs schrillte der Wecker in Sabines Zimmer. Sie musste früh raus, denn sie hatte Dienst. Seit ihrer Pensionierung vor einem Jahr arbeitete sie auf Teilzeitbasis in einem der angesagtesten Möbelhäuser in der Briennerstraße. Ihr eigenes Büro hatte die gelernte Innenarchitektin schon vor einem Jahr aufgegeben, um freier in ihrer Zeitgestaltung zu sein.

„Wenn ich schon älter werde", sagte sie an ihrem sechzigsten Geburtstag, „dann möchte ich die Zeit wenigstens selbstbestimmt genießen können."

Der Job verhalf ihr, nicht ganz von der Bildfläche

zu verschwinden, und er bedeutete finanzielle Unabhängigkeit für sie.

Immerhin war auch in Wolfgangs Alter nicht ausgeschlossen, dass er noch einmal vom rechten Weg abkommt und einem Wesen begegnet, dem er in der ersten Hitze erliegt und sie verlässt. Ein diesbezügliches Intermezzo vor knapp zehn Jahren hatte sich in ihre Erinnerung eingebrannt, und es war nur ihrem umsichtigen Beziehungsmanagement zu verdanken, dass ihre Ehe nicht krachend gegen die Wand gefahren war. Die Wunden, die dieser Vorfall geschlagen hatte, sind nie ganz verheilt.

Auch Liebeskind wurde von Sabines Wecker aus dem Tiefschlaf gerissen. Die Lautstärke war ausreichend, um das ganze Haus zu wecken. Die Zeit an sich war nicht ungewöhnlich für ihn, aber er hatte die halbe Nacht wachgelegen und über sein künftiges Leben als Rentner nachgedacht. Die Abwechslungen und Anforderungen der ersten Tage würden ihn sicher fordern. Aber was dann?

„Mach Dich jetzt nur nicht verrückt, alter Knabe!", sprach er sich Mut zu. „Du hast schon ganz andere Dinge überlebt."

Er stand auf und machte sich auf den Weg ins Bad. Sabine stand schon unter der Dusche und erschrak, als er den Raum betrat. Sie hatte vergessen, die Tür zu verriegeln, und es war ihr unangenehm, dass Wolfgang im Raum war.

„Was machst Du denn schon hier? Du könntest doch noch liegenbleiben, oder hast Du heute Großes vor?"

„Auch ich wünsche Dir einen guten Morgen", sagte Liebeskind, ohne auf ihre Spitze einzugehen, zog seinen Bademantel über und ging, kein weiteres Wort verschwendend, in die Küche.

Er brauchte jetzt erst mal einen starken Kaffee.

Als er unten ankam, brannte in der Küche schon Licht. Gwendolin, die Flamme von Benjamin, stand, nur mit Socken und einem Herrenhemd bekleidet, vor der Kaffeemaschine und nippte an ihrer Tasse. Die blonden Haare hingen wirr in ihr hübsches Gesicht und verdeckten teilweise ihre Augen.

„Sie müssen Benjamins Vater sein, stimmt´s?", sagte sie unaufgeregt und streckte Liebeskind die Hand hin. „Ich bin Gwendolin, die Freundin von Benjamin."

„Freut mich", sagte der Angesprochene. „Sie haben ja ein detektivisches Gespür."

Beide lachten.

„Waren wir zu laut gestern Abend?", fragte sie mit unschuldigem Blick.

„Mitnichten. Ich mag diese Art von Musik", lästerte Liebeskind. „Im Übrigen war ich hundemüde. Ich hoffe, mein Schnarchen hat Euch nicht gestört."

Liebeskind hatte sich mittlerweile auch einen Kaffee gemacht und setzte sich auf die Kante des Esstisches. Die weinrot-beige karierten Gästepantoffel ließen seine weißen, grau behaarten Beine aussehen wie die Extremitäten einer Wasserleiche.

›Der Junge hat einen guten Geschmack‹, dachte er sich und ließ seinen Blick verstohlen über die Konturen der jungen Frau gleiten. Sie hatte zweifelsohne Klasse.

„Sie sind frisch in Rente, habe ich gehört. Wie fühlt sich das an, nach all den Jahren im Dauerstress?"

„Kann ich noch nicht sagen. Ich brauche noch etwas Zeit, bis ich meine Gefühle sortiert habe. Aber Sie sind die erste, der ich mich offenbaren werde."

Wieder lachte er.

„Sie können mich ruhig duzen", sagte Gwendolin. „Meine Freunde nennen mich Gwen."

„Okay, Gwen. Dann schlage ich vor, Du duzt mich auch. Sonst komme ich mir älter vor, als ich ohnehin schon bin."

Sie beugte sich zu ihm vor und gab ihm einen Kuss auf die Wange. Sein Blick verfing sich in ihrem durch diese Bewegung unfreiwillig zur Schau gestellten Busen, und er errötete wie ein Primaner. Gwens Nähe verwirrte ihn.

„Was für ein Morgen!", sagte er laut und stellte sich wieder auf die Füße. „Der Tag kann nur gut werden. Ich gehe jetzt ins Bad und arbeite an meiner Optik.

Wir sehen uns."

„Bis später", sagte Gwendolin.

›Gar nicht übel, der alte Herr‹, dachte sie. ›Nach Benjamins Schilderungen habe ich ihn mir steifer vorgestellt.‹

Dann ging sie nach oben, um nach ihrem Freund zu sehen.

Während Wolfgang im Bad war, machte sich Sabine in der Küche zu schaffen. Wie jeden Morgen bereitete sie sich ihr Müsli zu und deckte den Tisch. Die Brötchen für das Frühstück und die Zeitung hingen schon an der Türklinke. Als sie zum Himmel sah, stand da keine einzige Wolke. Der Radio verbreitete Gute-Morgen-Stimmung.

Eine knappe Viertelstunde später trudelten Gwendolin und Benjamin in der Küche ein. Gwen trug ein buntes, leichtes Sommerkleid und weiße Ballerinas. Ihre Haare hatte sie nach hinten gebunden. Es stand ihr gut. Benjamin wirkte noch unausgeschlafen und mürrisch. Das schwarze Polohemd hing lässig über seiner Jeans. An seinem durchtrainierten Körper war kein Gramm zu viel.

Er umarmte Sabine und gab ihr einen Kuss auf die Wange.

„Guten Morgen, Mama. Wo ist denn unser Frührentner?", fragte er.

Sabine deutete mit dem Kopf Richtung Türe und

drückte Gwendolin.

„Na, gut geschlafen, Kleines?"

„Wie ein Murmeltier."

Als Benjamin seinen Vater im Türrahmen entdeckte, begrüßte er ihn mit einem kurzen „Hi, Paps!" und machte Anstalten, ihm seine Freundin vorzustellen.

„Wir haben uns schon heute früh kennengelernt", sagten beide wie aus einem Mund und blickten in das überraschte Gesicht des jungen Mannes.

„Und?", fragte Benjamin seinen Vater. „Hat sie vor Dir bestanden?"

„Ich bin überwältigt", scherzte Liebeskind und zwinkerte ihr zu.

„Dann können wir ja jetzt frühstücken", drängte Sabine. „Ich muss nämlich in einer halben Stunde aus dem Haus. Lasst es Euch schmecken."

„Du Dir auch", kam es zurück.

Nachdem sich alle verabschiedet hatten, blieb Liebeskind allein in dem großen Haus zurück. Ein ungewohntes Gefühl, denn bis vor Kurzem war immer er es gewesen, der als Erster das Haus verließ. Wenn er denn überhaupt zuhause war. Meist flog er werktags quer durch Europa, oder er hielt sich über Wochen im kalifornischen Sunnyvale auf, wo der amerikanische Ableger seiner Firma den Hauptsitz hatte.

Routinemäßig machte er sich auf den Weg in sein

Arbeitszimmer, um erst einmal die Lage zu peilen. Er fuhr seinen Computer hoch und scannte die Nachrichten auf Google News. Es gab nichts Weltbewegendes, das ihn veranlasste, die weiterführenden Texte hinter den Headlines aufzurufen. Der Maileingang war leer, abgesehen von ein paar Werbemails, die unverzüglich im Papierkorb landeten.

„Die Welt scheint mich ja mächtig zu vermissen", sagte Liebeskind, erneut frustriert über die kommunikative Windstille. „Aber was könnte sie auch von mir wollen, heute, zwei Tage nach meiner geschäftlichen Hinrichtung?"

Liebeskind schaltete das Gerät wieder aus und griff nach der Zeitung. Auch hier gab es nichts, was sein Interesse wecken konnte. Gelangweilt drehte er sich in seinem Drehstuhl um hundertachtzig Grad und starrte mit zurückgelegtem Kopf auf sein vollgestopftes Bücherregal.

Keines der Bücher wollte mit ihm spielen.

„Dann eben nicht", sagte Liebeskind und stellte sich ans Fenster. „Das wahre Leben passiert ohnehin vor der Tür."

Wie oft hatte er davon geträumt, an einem schönen Tag wie diesem, einfach durch die Stadt zu flanieren, sich in ein Café zu setzen und die Leute zu beobachten.

›Wann, wenn nicht heute, wäre die beste Gelegenheit dazu?‹, dachte er.

Mit Jeans und einem leichten Hemd bekleidet machte er sich auf den Weg. Sein Leinenjackett hing lässig über der Schulter. Er fuhr mit der Tram bis zur Paradiesstraße und nahm von dort den Weg quer durch den Englischen Garten, vorbei am Monopteros, Richtung Hofgarten.

Auf dem Rasen räkelten sich bereits die ersten Sonnenanbeter, Kleinkinder spielten unter der Aufsicht ihrer Betreuerinnen. Ein altes Paar saß auf einer Decke und frühstückte.

Am Schwabinger Bach lagen ein paar Nackte. Es waren ausschließlich Männer. Ein schwarzer Schäferhund holte Stöckchen aus dem Wasser. Es war ein Bild wie gemalt.

Im Hofgarten setzte sich Liebeskind auf eine Bank und lauschte entspannt und mit geschlossen Augen dem klagenden Geigenspiel eines Zigeuners, der den Dianatempel als Bühne nutzte. In den Grünanlagen wuselten Gärtner der Stadt. Direkt vor seinen Füßen pickte ein fetter Spatz Brotkrümel aus dem Kies. Er schien keine Angst zu haben.

Nach der Verschnaufpause machte er sich auf den Weg Richtung Briennerstraße, die Adresse von Sabines Möbelgeschäft. Dort angekommen, warf er einen Blick durch das Schaufenster und sah seine Frau, die sich gerade mitten in einem Verkaufsgespräch mit einem arabisch anmutenden Paar befand.

Liebeskind sah sie an, wie wenn er sie zum ersten Mal sehen würde. Ihr graues Kostüm mit dem knapp über dem Knie endenden Rock, ihre schlichte, weiße Bluse und ihre hochhackigen Pumps wirkten edel und unterstrichen ihre immer noch beeindruckende Figur.

Ihm gefiel ihre Art, wie sie mit den Kunden sprach, ihre Gestik und ihre unaufdringliche Verbindlichkeit. Die beiden Kunden schienen angetan von dem, was sie ihnen vorschlug. Gerade als er gehen wollte, sah sie ihn und winkte ihm unauffällig zu. Er zog die Augenbrauen hoch und winkte zurück.

›Sie hat immer noch dieses einnehmende Lächeln‹, dachte er sich und schlenderte weiter Richtung Dukatz, wo er seinen Lebensgeistern mit einem Espresso auf die Füße helfen wollte. Das Café war noch angenehm leer.

Als er auf die Uhr schaute, war es kurz nach elf. Er zahlte und machte sich zu Fuß wieder auf den Rückweg. Nach einem Zwischenstopp im Biergarten am Chinesischen Turm setzte er sich in die Tram und fuhr nach Hause.

Er war hundemüde vom Laufen und der Überdosis an frischer Luft.

Dort angekommen, legte er sich hin. Er wollte nur kurz die Augen zumachen. Vier Stunden später holte ihn Sabine mit einem Kuss zurück ins Leben. Schlaftrunken versuchte er, sich zu orientieren.

„Es ist kurz vor sechs, Du alter Streuner", meinte sie und lachte. „Zeit aufzustehen und dem Abendprogramm ins Auge zu blicken."

Mit einem Seufzer erhob sich Liebeskind und machte sich auf den Weg ins Badezimmer, um sich frisch zu machen.

In dem Moment klingelte es. Zerknautscht und ungekämmt, wie er war, ging Liebeskind zur Tür. Am Gartentor stand ein Hüne von einem Mann vor einem alten Mercedes mit Anhänger. Auf der knallroten Plane stand in großen Lettern „Partyservice Haberlander". Im Auto saß eine weitere, gelangweilt dreinblickende Gestalt.

„Haberlander", stellte der Mann sich in tiefstem Bayerisch vor. „Wo soll ich die Sachen abstellen?"

„Ich habe keine Ahnung", sagte Liebeskind.

In dem Moment tauchte Sabine im Bademantel und mit nassen Haaren hinter ihm auf und übernahm den Besucher. Die beiden schienen sich zu kennen.

„Wie immer?", fragte der Hüne.

„Wie immer", sagte Sabine.

Dann verschwand sie wieder im Haus, um ihre Restaurierung zu vollenden. Als sie erneut erschien, trug sie ein leichtes, türkisfarbenes Kleid mit Spaghettiträgern, flache Sommerschuhe und ein feines Lederhalsband mit einem großen, dunklen Stein. Die Ohrringe waren aus dem gleichen Material.

In der Küche hatten Haberlander und sein mürrischer Gehilfe mittlerweile ein kaltes Buffet angerichtet, und in einem riesigen Eiskühler standen Champagner, Weißwein und Bier. Beim Verabschieden steckte Sabine dem Helfer noch ein Trinkgeld zu.

„Versuchen Sie es doch mal mit einem Lächeln", sagte sie zu ihm, und er versuchte es tatsächlich. Dann bedankte er sich linkisch und verschwand.

„Du klärst mich sicher noch auf, was das hier wird", sagte Liebeskind zu seiner Frau.

„Natürlich, mein Lieber", entgegnete Sabine mit einem Lachen. „Du wirst heute Abend Deiner Familie begegnen, und ich kann nur hoffen, dass Dich nicht wieder ein dringender Termin vorzeitig aus unsere Mitte reißen wird."

„Das heißt, dass alle Kinder kommen werden?"

„Ohne Ausnahme. Sogar Felix, Dein einziger Enkel, wird Dir die Ehre erweisen. Er kann es gar nicht erwarten, seinen Opa einmal von einer anderen Seite kennen zu lernen."

Liebeskind erinnerte sich, dass er den Kleinen das letzte Mal an Weihnachten gesehen hatte und die Begegnung etwas unglücklich verlaufen war, weil der ihm kurz vor dem Gehen seinen Brei über den Anzug erbrochen und Liebeskind daraufhin nicht kindgerecht reagiert hatte. Als er dann auch noch Thomas, Felix´ Vater, im Zuge eines anschließenden Gesprächs unter Männern und unter Alkoholeinfluss einen grünen Träumer genannt hatte, war der Zauber der Heiligen Nacht endgültig verflogen.

„Wäre schön, wenn Du Dir noch ein frisches Hemd und Deinen hellen Sommeranzug anziehen könntest", riss ihn Sabine aus seinen Gedanken. „Du wirst sehen, es wird ein schöner Abend. Der Wettergott ist auf jeden Fall schon mal auf unserer Seite." Sie lächelte.

Liebeskind trollte sich wortlos und tat, wie ihm geheißen. Als er gegen halb acht wieder im Garten erschien, waren die Kinder alle versammelt.

„Na, ist Mama die Überraschung gelungen?", fragte Benjamin. „Für den Fall, dass Du Freude ausdrücken möchtest, solltest Du vielleicht noch an Deinem Gesichtsausdruck arbeiten."

„Natürlich freue ich mich, dass Ihr alle da seid", sagte Liebeskind, an die Kinder gewandt. „Meine Mimik arbeitet nur mit zeitlicher Verzögerung."

Er begrüßte Gwen mit einem kurzen „Hallo!", gab Benjamin die Hand und wandte sich dann an Marie, seine Tochter, und Felix, seinen Enkel."

„Schau Felix, das ist Dein Opa", sagte Marie, während der Kleine sich fest an ihren Unterschenkel klammerte.

„Der wird ab jetzt immer da sein und viel Zeit für Dich haben." Sie zwinkerte ihrem Vater zu. Der Junge wagte einen verstohlenen Blick aus seiner sicheren

Position.

Marie umarmte ihren Vater und sagte: „Schön, dass Du endlich zuhause bist. Herzlich willkommen, Fremder!"

Liebeskind gab ihr einen Kuss auf die Wange und ging vor seinem Enkel in die Knie.

„Na, mein Kleiner, willst Du Deinem Opa nicht ein Küsschen geben?" Felix umfasste noch fester das Bein seiner Mutter und versuchte die Distanz zu dem ihm fremden Mann zu vergrößern. Dann schnappte Liebeskind sich das Kind und küsste es auf die Stirn.

„Tut doch gar nicht weh", sagte er noch und wandte sich Thomas, dem Vater des Kleinen, zu.

„Und bei Dir Thomas, alles im grünen Bereich?"

„Alles bestens", sagte der. „Willkommen daheim."

Erst jetzt sah Liebeskind, dass der Bauch seiner Tochter sich verdächtig wölbte.

„Was ist mir denn da entgangen?", fragte er in die Richtung von Marie und legte ihr die Hand auf den Bauch.

„Alles, wie immer", lachte Marie. „Wir waren auf jeden Fall nicht untätig seit unserer letzten Begegnung."

Liebeskind legte seinem Schwiegersohn die Hand auf die Schulter, so, als ob er ihn zum Ritter schlagen wollte, und meinte:

„Du bist ein fleißiger Junge. Ich bin stolz auf Dich."

Die Runde lachte.

„Wann ist es denn soweit?"

„In vier Monaten. Du wirst es diesmal miterleben", sagte Marie.

„Und, was wird es?"

„Großes Geheimnis."

Felix schaute seinen Großvater von unten an. Er schien langsam Vertrauen zu fassen. Mutig zog er an der Bügelfalte seiner Anzughose.

„Es wird ein Schwesterchen", sagte er.

„Und, freust Du Dich?", fragte der Opa.

„Nö", sagte der Kleine und hielt seinen Blick fest auf ihn gerichtet.

Sabine reichte den Erwachsenen ein Glas Champagner und Felix Zitronenlimonade im Champagnerglas. Dann ergriff sie das Wort und hieß ihre Gäste willkommen. Man merkte, dass sie diesen Moment genoss.

„Dass ich das noch erleben kann", sagte sie, „Die ganze Familie am selben Ort, zur selben Zeit. Schön, dass Ihr gekommen seid!"

Alle hoben die Gläser und prosteten sich zu.

Benjamin bot sich an, das Getränkemanagement zu übernehmen, und Sabine blies zur Jagd auf das kalte Buffet. Wie immer hatte Haberlander es gut gemeint mit der Bemessung der Menge, und Sabine hatte wohlweislich die Hälfte der Lieferung im Kühlschrank belassen, um sie nach der Feier für die Kinder einpacken zu können.

Bis spät in die Nacht saß die Familie im Garten zusammen, und man sprach über alles, was die jungen Leute bewegte. Wolfgang hatte noch Schonzeit, denn Sabine hatte die Kinder im Vorfeld instruiert, ihm Zeit zu lassen und nicht mit Fragen in ihn zu dringen, die seine neue Situation betrafen. So konnte er einfach dabeisitzen, zuhören und antworten, wenn er gefragt wurde.

Nur Felix hielt sich nicht an diese Anordnung und fragte den Opa, warum er denn jetzt keine Arbeit mehr hätte.

„Hat Dir das Deine Mama nicht erklärt?", fragte der den Kleinen.

„Doch."

„Und was hat sie gesagt?"

„Weil Du schon ganz alt bist."

„So ist es", sagte Liebeskind. „Und weil ich schon so alt bin, bin ich auch immer müde und kann nur ganz kurz mit Dir spielen."

„Er macht nur Spaß", sagte Thomas zu seinem Sohn, der enttäuscht zu seinem Großvater aufblickte. „Opas sind die besten Spielgefährten, die man sich denken kann, weil sie immer Zeit haben."

Liebeskind nickte bestätigend.

Jetzt war der Kleine wieder zufrieden.

Kurz vor Mitternacht stand Benjamin auf und

bat um Aufmerksamkeit. Alle Augen gingen in seine Richtung.

„Ihr Lieben", begann er förmlich seine Rede. „Jetzt, da der alte Krieger lebendig und am Stück von der Front zurückgekehrt ist, dachten wir, Gwen und ich, dass wir die Schutzwache bei Mama aufheben und erwachsen werden können. Wir haben uns in Schwabing eine kleine Wohnung gemietet und werden zum nächsten Ersten dort einziehen."

Sabine saß da, wie vom Blitz getroffen, und starrte ihren Sohn wortlos an. Dann stand sie abrupt auf und ging ins Haus. Tränen schossen ihr in die Augen.

Benjamin schaute konsterniert in die Runde.

„Freude über das Flüggewerden von Kindern sieht eigentlich anders aus", sagte er.

„Was meint denn Ihr dazu?"

Sein Blick ging fragend in die Runde.

Marie fand als erste ihre Sprache wieder und sagte, dass sie es wunderbar fände, dass die beiden sich jetzt auf den Weg in ein eigenes Leben machten. Thomas unterstrich das Gesagte mit seinen Worten.

Liebeskind versuchte, witzig zu sein: „Schön für Euch. Es wurde ja auch Zeit." Dann stand er auf und sagte: „Ich schaue mal nach Eurer Mutter. Ich bin nicht sicher, dass sie den Tausch eines Kükens samt Freundin gegen einen altersschwachen Hahn als Geschenk empfindet."

Im Bad fand er Sabine, die auf der Kloschüssel saß und hemmungslos heulte. Er kniete sich neben sie und nahm sie in den Arm.

„Vielleicht ist der Zeitpunkt ja nicht optimal gewählt", tröstete er sie, „aber irgendwann müssen wir alle loslassen. Das ist der Lauf der Dinge."

„Danke für diesen Hinweis, mein großer Lebensversteher", sagte sie, immer noch weinend, „aber ich will jetzt trauern und nicht vernünftig sein."

Lautstark zog sie die Nase hoch.

Dann richtete sie sich mit einem Ruck auf. An die Frau gewandt, die sie aus dem Spiegel anblickte, sagte sie: „Reiß´ Dich zusammen, Mütterchen! Das Kind zieht nicht in den Krieg, sondern in die Freiheit. Jetzt geh´ nach unten und mache ihm Wind unter die Flügel!"

Sorgfältig trocknete sie sich die Augen, reparierte ihr lädiertes Make-up und hakte Wolfgang unter.

„Komm, alter Mann. Wir werden gebraucht."

Unten angekommen, hub Sabine an zu einer Rede:

„Ich möchte mich bei Euch entschuldigen für mein Verhalten von eben. Ich weiß, dass es egoistisch von mir war, den Auszug meines Kindes zu beweinen, zumal es einer der schönsten Momente im Leben einer Mutter ist, wenn ihr Küken flügge wird. Die Tränen, lieber Benjamin, galten nicht Dir, sondern mir.

Als Du vorher die Neuigkeit verkündet hast, wurde ich von einer Scheißangst befallen, jetzt mutterseelenallein, Tag und Nacht, mit einem Mann zusammen sein zu müssen, den ich vielleicht gar nicht mehr kenne und der eben erst wieder in mein Leben getreten ist. Ich habe keine Ahnung, wie unsere gemeinsame Zeit aussehen wird und ob wir noch einmal zu der Einheit werden können, die wir einst waren."

Sabine sah ihren Mann, der immer noch eingehakt neben ihr stand, von der Seite an, als ob sie Bestätigung von ihm erwarten würde, doch der schaute nur auf den Boden.

„Wir werden Zeit brauchen, um uns wieder vertraut zu werden", fuhr sie fort, „und uns, trotz all der Verletzungen und Abnützungen der vergangenen Jahre, wieder aufeinander einlassen zu können.

Wenn Benjamin und Gwen jetzt Ernst machen mit ihrem Auszug, ist das sicher ein guter Zeitpunkt, um über unser Leben nachzudenken."

Wieder ging ihr Blick zu Wolfgang. Wieder kam keine Reaktion.

„Vielleicht verkaufen wir ja unser Haus und ziehen in eine große Wohnung. Eine gemeinsam eroberte, neue Umgebung hat schon oft Wunder bewirkt bei der Reanimierung einer Partnerschaft. Vielleicht gehen wir auf Reisen und erfüllen uns endlich lang gehegte, nie erfüllte Träume. Ich weiß es nicht. Wir werden das alles besprechen.

Fliegt also, wohin und soweit Euch Eure Flügel

tragen, und passt gut auf Euch auf. Wir Alten haben jetzt erst mal damit zu tun, unser eigenes Leben wieder auf die Reihe zu kriegen."

Ihr Blick ging zu Wolfgang, der endlich zur Bestätigung nickte.

Jetzt waren die Tränen wieder da, und alle drängten sich um das immer noch aufrecht stehende Paar wie ein Rudel Jungtiere um ihre Altvorderen.

„Wenn Du das versaust", flüsterte Marie ihrem Vater ins Ohr, „bringe ich Dich um."

Liebeskind war nicht zum Scherzen zumute, und er ersparte sich einen Kommentar. Schweiß stand auf seiner Stirn. Er hatte keine Idee, wie er Sabine gegenüber auf ihre Rede reagieren sollte. Glaubte sie wirklich, dass sie nach all den Jahren, die sie getrennte Wege gegangen sind, wieder da anknüpfen könnten, wo sie vor Jahren auseinandergedriftet waren?

Wenn Liebeskind eines verstanden hatte, dann das, dass es im Leben ebenso wenig ein Zurück gibt, wie ein Fluss jemals zu seiner Quelle zurückkehrt.

Die Fäden konnten nur da aufgenommen werden, wo sie jetzt lagen. Sabine und er waren andere geworden. Sie mussten sich neu kennenlernen, ihre Wünsche, Sehnsüchte und Ängste neu verstehen. Erst dann konnten sie über eine gemeinsame Zukunft befinden.

Aber Liebeskind kannte noch nicht einmal sich selbst. Eben erst hatte er seine Identität verloren, und er war gezwungen, sich neu zu definieren. Dazu brauchte er Zeit. Und um die musste er seine Frau und seine Familie bitten. Das wollte er in seiner Rede adressieren.

Seine Ansprache an Sabine und die Kinder kam nicht so geschliffen wie sonst. Mühsam rang er mit jedem einzelnen Wort. Er versuchte, deutlich zu machen, wie dankbar er war für ihre Zuneigung und für ihre Bereitschaft, auf ihn zuzugehen.

Er bemühte sich um eine für alle nachvollziehbare Erklärung, warum er sich nicht einfach in ihre offenen Arme fallen lassen konnte und warum er erst mit sich selbst ins Reine kommen musste. Er bat sie um Geduld. Er war einfach noch nicht so weit.

Als er fertig war, herrschte betretenes Schweigen. Nach einer längeren Pause ergriff Sabine entschlossen das Wort. Sie kaute an seiner Zögerlichkeit, fühlte sich zurückgewiesen, aber natürlich war sie in der Lage, seine Situation nachzuvollziehen.

Auch sie hatte mehr Fragen als Antworten parat.

›Nur, wen interessiert schon meine Situation?‹, dachte sie sich.

Es war an der Zeit Klartext zu reden. Sie fühlte sich nicht mehr jung genug für unverbindliche Gedankenspiele. Ruhig und mit fester Stimme wandte sie sich an ihren Mann:

„Wolfgang, ich habe jedes Wort verstanden, das Du gesagt hast. Du brauchst Zeit. Das ist in Ordnung.

Die wirst Du bekommen. Ich für meinen Teil werde mich nächste Woche für einen Monat nach Norwegen verabschieden. Ich gehe auf eine Reise, von der ich schon seit Jahren träume. Wenn ich zurück bin, werden wir reden. Und was immer bei diesem Gespräch herauskommen wird, wird den Ausgangspunkt unseres künftigen Lebens definieren. Getrennt oder gemeinsam."

Sabine fasste ihren Mann bei den Schultern und fixierte ihn mit ihrem Blick.

„Was sagst Du zu meinem Vorschlag?", fragte sie.

„Mehr als fair", sagte Liebeskind nach einer kurzen Pause. Er war unfähig, seiner Frau in die Augen zu schauen.

Ihm blieben ganze vier Wochen Zeit, um ein Ei zu legen.

Ein Gruß aus dem Jenseits

Der Anruf an diesem Sonntagabend kam spät, und ich konnte die Stimme am anderen Ende der Leitung nicht gleich einordnen. Es war eine warme, angenehme Frauenstimme mit der Sprachmelodie der Leute von ganz oben, im Norden von Deutschland.

„Gerhard, kannst Du mich verstehen? Ich bin´s, Angelika, Angelika Albrecht, die Frau von Max Albrecht aus Hamburg."

„Angelika? Mein Gott! Was verschafft mir die Ehre, nach so langer Zeit?"

Ich erinnerte mich an sie. Angelika war die Frau von Max, einem ehemaligen Arbeitskollegen, den ich vor vielen Jahren auf einer Geschäftsreise nach Vermont kennengelernt hatte. Er war auch Österreicher, ein Tiroler, der in Hamburg lebte und so wie ich für einen weltweit tätigen Technologiekonzern arbeitete. Wir waren beide als Vortragende auf einer Konferenz in Vermont eingeplant. Max war damals für die Applikationsentwicklung im Konzern tätig, und ich war verantwortlich für das Marketing in Deutschland. An die dreißig Jahre war das jetzt her.

Angelika habe ich erst später, auf einer Incentive-Veranstaltung in Nizza, kennengelernt. Vor meinem geistigen Auge stand eine elegant gekleidete, kleine, schlanke Blondine mit kurzen, lockigen Haaren, feingliedrigen Händen und einem hübschen Gesicht, das von großen, dunklen Augen dominiert wurde. Ihre Art zu lachen fiel mir wieder ein.

„Ich möchte am Telefon nicht darüber sprechen", sagte sie. „Könnten wir uns morgen kurz sehen? Ich bin für ein paar Tage in Deiner Vorarlberger Heimat in Schruns." Ihre Stimme klang plötzlich angespannt.

„Natürlich können wir uns treffen. Kennst Du das Café Frederick auf dem Kirchplatz?"

„Ja, es ist nur ein paar Minuten von meiner Bleibe entfernt."

„Ich könnte bis elf Uhr da sein", sagte ich nach einem Blick in meinen gähnend leeren Terminkalender.

„Wunderbar. Dann bis morgen um elf. Ich freue mich."

Damit war unser Gespräch beendet.

Ich hatte den Kontakt zu Max schon vor Jahren verloren, weil wir völlig unterschiedliche Wege gegangen sind. Max, der sich irgendwann als Headhunter selbstständig gemacht hatte, unternahm vor ein paar Jahren, nach meiner Rückkehr nach Österreich, noch einmal einen Versuch, mich für ein Engagement bei einem seiner Klienten zu gewinnen, aber ich hatte mit der Corporate Welt zu diesem Zeitpunkt bereits abgeschlossen.

Bei unserem Treffen im Hotel Mercure in Bregenz am See ist uns beiden bewusstgeworden, wie weit wir schon auseinandergedriftet waren. Er machte einen Zwischenstopp auf seinem Weg von München nach Zürich und reiste mit einem 7er BMW mit Chauffeur. Ich hatte meinen Geländewagen direkt neben ihm geparkt. Er trug feines Tuch und Krawatte. Ich kam in Jeans und Polohemd.

Max war etwas kleiner als ich, und mit seinem reichlichen Körperumfang erinnerte er mich wieder an die Statue von Dionysos, dem Gott des Weines, die wir auf einer Geschäftsreise in Griechenland während eines Gelages in unsere Mitte genommen und lauthals besungen hatten. Sein ehemals dunkles, gelocktes Haar war dünner und grau geworden, und seine kleinen, flinken Augen schauten durch eine mächtige, schwarz gerahmte Brille. Sie ließ ihn strenger wirken.

„Du solltest Dir mein Angebot noch einmal überlegen", meinte er, während er dem Kellner winkte. „Die Amerikaner wären sicher bereit, noch einen draufzulegen. David, der Finanzmann, möchte Dich unbedingt. Ihr kennt Euch ja von früher, und München als Wohnort dürfte Dir zu Pass kommen. Immerhin warst Du dreißig Jahre dort zuhause. Der Job dauert maximal zwölf bis achtzehn Monate. Dann kannst Du ja wieder zurück auf Deine Insel der Seligen."

Natürlich hörte ich den Unterton in seiner Stimme und natürlich klang sein Angebot verlockend, aber wenn ich jetzt meinen mühsam erkämpften Ausstieg wieder gefährden würde, ginge mein altes Dilemma erneut von vorne los. Ich dauernd unterwegs, irgendwo in Europa oder Amerika, Karin alleine in München, düpierte Freunde und Bekannte. Nein, ich durfte seinem Lockruf nicht erliegen.

Ich hatte auch keine Lust, die Argumente für meinen Ausstieg ein weiteres Mal zu wiederholen, zumal ich selbst noch viel zu wenig gefestigt war in meiner neuen Situation. Max konnte zwar der Gegend einiges abgewinnen, aber hier zu leben lag völlig außerhalb seiner Vorstellungskraft. Er vermutete andere als die von mir genannten Gründe, meinte, dass ich ihm etwas verschwiege und ließ dann am Ende leicht genervt von mir ab.

„Du weißt, wie Du mich erreichen kannst", sagte er im Gehen und stieg in den Wagen, den der Chauffeur schon vorgefahren hatte. Beim Wegfahren winkte er kurz und hob den Daumen. Unser alter Gruß von früher.

Das war das letzte Mal, dass wir uns begegnet sind.

Am nächsten Tag war ich fünf Minuten vor elf im

Café in Schruns und bestellte meine obligatorische Cremeschnitte mit einem Verlängerten. Außer mir waren noch zwei ältere Paare und eine Mutter mit Kind anwesend. Letzteres beschäftigte sich mit seinem iPad. Die Mutter stierte in ihr Handy.

Angelika kam beim Schlag der Kirchturmglocke durch die Tür. Sie war grau geworden, aber immer noch attraktiv für eine Frau in den Sechzigern. Nur ihr Gang hatte etwas Unrundes, Hakiges. Unter dem Arm trug sie einen Karton.

Auch sie hatte mich gleich wiedererkannt und kam direkt auf mich zu. Wir gaben uns förmlich die Hand, und ich rückte ihr einen Stuhl zurecht. Dann sahen wir uns für einen Moment einfach nur an.

„Wie doch die Zeit vergeht", sagten wir fast gleichzeitig und mussten lachen. Es war mindestens zwanzig Jahre her, dass wir uns das letzte Mal in München gesehen hatten.

„Was führt Dich an dieses Ende der Welt?", fragte ich sie. „Hast Du Deine Liebe zum Landleben entdeckt?"

„Meine neue Hüfte", sagte sie. Ich bin hier für drei Wochen auf Reha. „Und es ist nicht das einzige Ersatzteil, das ich mit mir führe." Sie lachte.

Ich rief die Bedienung an den Tisch und Angelika bestellte für sich einen Espresso und ein Glas Wasser. Natürlich interessierte sie sich für meine Beweggründe für die Rückkehr nach Österreich, und auch sie konnte sich keinen Reim darauf machen. Zu verschieden waren diese Welt hier und die, aus der wir uns kannten. Diskret, wie sie war, ersparte sie mir ihre Meinung und griff kurzerhand nach dem Karton, den sie neben sich abgestellt hatte.

„Das ist für Dich", sagte sie ohne weitere Vorrede. „Max hat mir bei unserem letzten Treffen das Versprechen abgerungen, dass ich Dir das persönlich übergebe."

Der Karton war leicht, und auf dem Deckel klebte ein Zettel „Für Gerhard". Ich erkannte sofort Max´ markante Handschrift. Der Strich war unruhiger geworden.

Ich stutzte. „Was hat das zu bedeuten?", fragte ich. „Was soll ich damit anfangen? Warum übergibt mir Max diesen Karton nicht persönlich?"

Noch während ich fragte, stieg eine Ahnung in mir hoch.

„Max ist tot", sagte Angelika. „Er ist vor vier Wochen an den Folgen eines Operationsfehlers in München gestorben. Eine ungute Geschichte, bei der noch eine Reihe von Fragen offen ist. Voraussichtlich wird es ein gerichtliches Nachspiel geben, aber das macht ihn auch nicht wieder lebendig. Die Beerdigung hat im kleinsten Kreis stattgefunden. Nicht einmal ich wurde gerufen. Diesen Karton hat er mir vor zwei Monaten, bei meinem letzten Besuch im Krankenhaus, übergeben. Er scheint etwas geahnt zu haben."

Die Nachricht von Max´ Tod traf mich unerwartet. Unsere letzte Begegnung stand wieder vor mir. Max, mitten im Leben, vital und fordernd. Voller Pläne. Und jetzt die Nachricht von seinem Tod. Ich konnte es nicht fassen.

„Warum hast Du mich nicht über seinen Zustand informiert? Ich hätte ihn doch besucht."

Ich war irritiert.

„Weil er und seine Frau es so wollten", sagte sie.

„Seine Frau? Welche Frau?"

„Silke, seine ehemalige Assistentin. Sie haben vor zehn Jahren geheiratet. Unmittelbar nachdem wir uns getrennt hatten. Hat er Dir das bei Eurem letzten Treffen nicht erzählt?"

„Keine Silbe."

Erst jetzt wurde mir bewusst, dass wir bei unserem Treffen kein Wort über unser Privatleben verloren hatten. Es war noch immer dieses alte Muster, dass wir uns nur über unseren Beruf definierten und über die Welt, die mit diesem Beruf unmittelbar in Berührung stand. Auch früher waren unsere Familienverhältnisse nie ein Thema zwischen uns. Wir hatten gute Gründe dafür.

Also hatte sich der alte Haudegen auf seine späten Tage doch noch durchgerungen, seine „ewige zweite Liebe", wie er Silke einmal nannte, zu ehelichen und Angelika zu verlassen. Wohl war mir seine Nähe zu Silke damals nicht entgangen, und natürlich wusste ich, dass Max generell kein Kostverächter war, was Frauen anbetraf, aber die Konsequenz einer Trennung hätte ich ihm nicht zugetraut. Und noch weniger hätte ich ihm zugetraut, noch einmal vor den Standesbeamten zu treten. Mit Mitte fünfzig.

Angelika brachte mich wieder in die Gegenwart zurück. Sie legte die Hand auf den Karton und sagte: „Er wollte, dass Du diese „Reliquien" bekommst, wie er sich ausdrückte, weil Du als Einziger etwas damit anfangen könntest."

Damit war für sie unser Gespräch beendet. Länger ausdehnen wollte sie das Treffen wohl nicht mit dem Mann, der mit Max im Beruf mehr Zeit verbracht hatte als sie während ihrer ganzen Ehe und der ihn vermutlich besser kannte als jeder andere. Sie machte Anstalten aufzustehen, und ich half ihr dabei. Ihre neue Hüfte verlangte noch ihre ganze Aufmerksamkeit.

Dann wandte sie sich mir zu und drückte mich kurz. „Alles Gute für Dich, und grüße mir unbekannter Weise Deine Frau."

„Mache ich gerne", sagte ich.

An der Tür hob sie noch einmal die Hand. Ein letztes Lächeln.

Dann entschwand sie aus meinem Blick.

Jetzt war ich mit dem Nachlass meines alten Freundes allein.

Ich bestellte mir ein Achtel Grünen Veltliner und ließ meinen Gedanken freien Lauf. Der Wein schmeckte fruchtig und frisch. Genüsslich hob ich das Glas gegen das Licht, in die Richtung, in der ich den Himmel vermutete.

„Auf Dich, alter Freund!", prostete ich Max zu und war überzeugt, dass er mir von irgendwoher zusah. „Dann lass´ mal sehen, was Du für eine Botschaft für mich hast."

Das Kind vom Nebentisch schaute mich interessiert an.

„Mit wem redet der Mann?", fragte es seine Mutter.

„Mit niemandem. Das siehst Du doch."

„Genau wie der Opa", sagte der Kleine und lächelte mich mitleidig an.

Vorsichtig öffnete ich das Paket.

Obenauf lag ein großer, brauner Briefumschlag mit meinem Namen. Ich nahm ihn heraus und legte ihn auf den Tisch. Darunter fand ich Fotos aus unserer gemeinsamen Zeit, Zeitungsausschnitte, ein Exemplar einer Kundenzeitschrift, in der wir gemeinsam abgebildet waren, diverse Organigramme, ein handgeschriebenes Redemanuskript und Todesanzeigen von zwei ehemaligen Kollegen.

Ganz unten lag eine abgegriffene und vergilbte Ausgabe eines Gedichtbands von Rainer Maria Rilke. Ich erinnerte mich, dass er bei unterschiedlichen Anlässen zu vorgerückter Stunde daraus rezitierte und seine Zuhörerschaft mit seinem Hang zur Poesie verblüffte. Das Gedicht „Der Panther" hatte es ihm besonders angetan.

Ich legte die Sachen wieder zurück in den Karton und nahm den braunen Umschlag zur Hand. Nachdem ich ihn mithilfe meines Taschenmessers geöffnet hatte, fand ich darin einen fein säuberlich zusammengefalteten Brief und einen weiteren Umschlag.

„Bitte erst nach dem Lesen des Anschreibens öffnen", stand darauf geschrieben.

›Du machst es wirklich spannend, alter Knabe‹, dachte ich und legte das Kuvert weisungsgemäß zur Seite. Dann nahm ich den Brief zur Hand.

Das schwere, rohweiße Papier fühlte sich edel an. Der Text war mit Maschine geschrieben, was ihn nüchtern und geschäftsmäßig erscheinen ließ. Er muss ihn jemandem diktiert haben. Nur das krakelige „Max" am Ende hatte er wohl selbst geschrieben.

Ich begann zu lesen.

Gerhard, mein Freund,

meine Zeit scheint langsam dem Ende zuzugehen, und mir bleibt nichts anderes übrig, als diesen Zustand des Wartens hinzunehmen. Du weißt, wie schwer ich mir immer getan habe, loszulassen und das Heft aus der Hand zu geben, wie unfähig ich war, mich in die Arme eines Anderen fallen zu lassen. Aber die letzten Wochen nach der Operation waren kein Spaziergang, und ich verstehe zum ersten Mal Deine ausgeprägte Sehnsucht nach Ruhe und Frieden, über die wir vor Jahren einmal gesprochen haben.

Ich wollte nicht, dass Du mich in dieser Verfassung siehst und habe Silke gebeten, Dich auf keinen Fall über meinem Zustand zu informieren. Du solltest mich so in Erinnerung behalten, wie ich war, bevor diese Talfahrt begann.

Ich habe Mühe zu akzeptieren, dass mir diese hübschen jungen Krankenschwestern den Hintern wischen, mich waschen und rasieren, und dass ich für sie vermutlich nichts anderes bin als ein alter, sterbender Kadaver. Einer von vielen. Ich kann sie noch sehen, aber sie sehen mich nicht. Du weißt, was ich meine.

Doch jetzt zum Grund meines Briefes.

Seit meiner großen Krise vor mehr als zwanzig Jahren, als Du mich buchstäblich in letzter Minute davor gerettet hast, beruflich ins Abseits zu geraten, fühle ich mich in Deiner Schuld. Deine wenig diplomatische, aber zupackende und herzliche Art, mit der Du mich aus meinem Meer an Selbstmitleid herausgefischt und wieder auf die Straße gestellt hast, hat mein Leben gerettet. Du hast mich in Dein Netzwerk eingeklinkt und mir einen Neuanfang ermöglicht, der bis zum Ende getragen hat.

Als ich Dich vor ein paar Jahren in Bregenz am See wiedergesehen habe, hatte ich den Eindruck, dass Du den Absprung aus unserer alten Welt geschafft und einen neuen Weg gefunden hast, der Deinen Neigungen und Fähigkeiten gerecht wird. Vor allem aber schienst Du erstmals so etwas wie ein Privatleben zu haben, ein Luxus, der mir nie vergönnt war.

Was mir aber gefehlt hat in meiner Wahrnehmung, war das Feuer, das früher in Dir gebrannt hat. Du wirktest zögerlicher, unsicherer als sonst. So, wie ich Dich noch nie gesehen habe. Deine Argumente waren alle schlüssig, aber sie wirkten aufgesetzt. So, als ob Du nicht glauben könntest, dass Dein beruflicher Albtraum vorbei ist und Du wieder Land unter den Füßen hast.

Als ich damals ins Schlingern kam, hatten wir viele Gespräche, und ich erinnere mich noch gut an Deine ruhigen, immer wiederkehrenden Fragen, mit denen Du mich in die Enge getrieben und systematisch versucht hast, die Ursachen meines Desasters offenzulegen. Und als Du glaubtest, endlich fündig geworden zu sein, hast Du im Franziskaner ein „Siegesmahl" arrangiert, und wir haben so lange Bier und Bärwurz getrunken, bis wir sicher sein konnten, dass mein Selbstmitleid ersoffen war. So Deine Zielvorgabe. Es ist ein Wunder, dass wir Helden diesen Festakt überlebt haben.

Auf dem Weg zum Taxistand hast Du mir dann mit großer Geste ein Kuvert überreicht und mich bei allem, was mir heilig war, schwören lassen, dass ich den Inhalt gleich am nächsten Tag an meine Pinnwand heften und erst wieder abnehmen würde, wenn er mir in Fleisch und Blut übergegangen sei.

Dieses Kuvert gebe ich Dir heute zurück. Für mich hat es seinen Zweck erfüllt, und Du scheinst es gerade gut gebrauchen zu können.

Nochmals danke für alles.
Wir sehen uns.

Max

Ich erinnerte mich vage an dieses Essen, und die Bilder stiegen nur langsam in mir hoch. Ich erinnerte mich auch an das Kuvert, das ich Max übergeben hatte, aber den Inhalt hätte ich nicht wiedergeben können. Dafür lieferte mir mein Unterbewusstsein das Bild einer dampfenden Schüssel mit klarer Rindsbrühe und Leberknödeln, mit der uns Max´ Frau am nächsten Tag buchstäblich das Leben gerettet hatte. Schon wegen dieser Suppe konnte ich nicht verstehen, dass er sie später verlassen hat.

Fahrig und aufgeregt öffnete ich das zweite Kuvert und fand darin ein kariertes, abgegriffenes Blatt Papier. Obwohl die Leserlichkeit schon sehr gelitten hatte, war meine Handschrift noch deutlich zu erkennen. An den Ecken befanden sich mehrere Einstichlöcher. Offenbar hatte dieses Dokument bereits an mehreren unterschiedlichen Pinnwänden gehangen.

Vorsichtig strich ich das Papier glatt und beugte mich über den Text. Da stand zu lesen:

Vier Regeln für Erfolg und Zufriedenheit

1. *Verstehe, wer Du bist, was Du kannst und wofür Du brennst.*
2. *Fokussiere Deine Energie auf Aufgaben, deren Lösung Dich, Deine Fähigkeiten und Deine Leidenschaft erfordern.*
3. *Akzeptiere, dass Menschen, Umstände und Situationen so sind wie sie sind, und stelle Dich ohne Wenn und Aber darauf ein.*
4. *Höre auf zu grübeln, an Dir zu zweifeln, und mache Dein Ding.*

Der dritte Punkt war mit einem Farbstift markiert.

Dann folgte die *„Kurzform für Eilige":*

Bewege endlich Deinen Arsch und bringe das Leuchten in Deinen Augen zurück!

Unterschrieben war das Ganze mit *„Ein Freund".*

Diese Zeilen trafen mich frontal, und ich machte gar keine Anstalten, meine Tränen zu unterdrücken. Der alte Fuchs hatte mich damals am See also sofort durchschaut und meine Situation erfasst. Und auch wenn ich mittlerweile gefestigter war in meinem neuen Leben, kam dieser Tritt gegen das Schienbein genau zur rechten Zeit.

Meine immer wieder aufkeimenden Zweifel und der fatale Hang zum permanenten Hinterfragen meiner neuen Wirklichkeit schwächten mich auch noch Jahre nach meinem Entschluss, die Welten zu wechseln.

Jetzt war ich es, der Dankbarkeit empfand.

Die übrigen Gäste waren bereits gegangen, und die Bedienungen hielten diskret Abstand zu mir. Nachdem ich mich wieder gefangen hatte, zahlte ich und machte mich auf den Weg zu meinem Wagen.

Dort angekommen, ging mein Blick noch einmal nach oben.

„Max", sagte ich, „Deine Botschaft ist angekommen. Du kannst Dich wieder hinlegen."

Dann setzte ich mich hinter das Lenkrad, hob den Daumen - unser altes Zeichen - und drückte den Startknopf.

Ich war wieder auf Kurs.

Ferien in den Bergen

Am frühen Morgen des 11. August 2015, es war ein Dienstag, trat der alte Hubert vor seine Maisäßhütte in einem Hochtal im österreichischen Montafon und konnte am Himmel keine einzige Wolke ausmachen. Es war vollkommen windstill, und der Wetterbericht sagte am Land bis zu fünfunddreißig Grad voraus. Bedächtig fuhr sich der Mann durch seinen langen, weißen Bart und murmelte so etwas wie „Scheißwetter".

Es hatte seit Tagen nicht mehr geregnet und die Wiesen waren so trocken, dass die Kühe von der nahen Alpe sich schwertaten, etwas Grünes zwischen ihre Kauleisten zu bekommen. Vor allem aber wurde das Wasser knapp. So trocken, sagten sie im Radio, war der August schon seit dreißig Jahren nicht mehr. Der ansonsten so muntere Wildbach war nur noch ein Rinnsal, und die wenigen Wanderer, die um diese Zeit schon unterwegs waren, hechelten kurzatmig, bekleidet mit Funktionsshirts in bunten Farben und bewaffnet mit Sonnenhüten und Laufstöcken, Richtung Berggipfel.

„Selber schuld", sagte der Hubert, wenn er sie von weitem kommen sah. „Niemand zwingt diese Spinner, bei den Temperaturen einen Hitzschlag zu riskieren." Wenn sie dann näherkamen und mit wenigen Metern Abstand seine Hütte passierten, hielt er den Mund und beantwortete ihr „Grüß Gott!" mit einem mürrischen Nicken.

Wie er so dastand, barfuß, in seiner viel zu weiten, steingrauen Unterwäsche, die um seinen riesigen, knochigen Körper wehte, wie um das Lattengestell einer Vogelscheuche, seinem vom Schlaf zerzausten Haar und seinem grantigen Gesichtsausdruck, bestand wenig Gefahr, dass einer der Passanten Lust bekommen könnte, ihn in ein längeres Gespräch zu verwickeln.

Hubert hatte jetzt alle Informationen gesammelt, die er benötigte, um sich auf den Tag einzustellen und ging wieder nach drinnen, um zu frühstücken. Wie jeden Morgen gab es schwarzen Kaffee, Rühreier und Schwarzbrot ohne Butter.

Nach dem Frühstück zog er seinen Blaumann an und stapfte Richtung Wald, um den Zaun zu reparieren, den irgendjemand vor zwei Wochen niedergetreten hatte. Bei dieser Hitze war der Vormittag die einzige Zeit, an der er sich so eine schwere Arbeit zumuten konnte.

Als er wieder zurückkam, war es kurz vor Mittag, und er war müde und ausgelaugt. Hubert wärmte sich den Rest des Mittagessens vom Vortag auf und stocherte lustlos in der Pfanne herum. Nach wenigen Bissen war sein Hunger gestillt. Nachdem er noch einen anständigen Schluck Wasser getrunken hatte, legte er sich hin und schlief auf der Stelle ein.

Zwei Stunden später, als er wieder auf den Beinen war, ging er mit freiem Oberkörper vor die Tür, tauchte beide Arme bis an die Ellenbogen in das Quellwasser, das er vor seiner Hütte in einem gemauerten Brunnen auffing, wusch Achseln und Gesicht und fuhr sich mit den nassen Händen durch seine langen, weißen Haare.

Dann zog er sich ein frisches Hemd an und machte sich auf den Weg in das benachbarte Ferienheim. Er war für fünfzehn Uhr mit der Chefin verabredet.

Im Heim hielten sich in den Sommermonaten Kinder aus zerrütteten Familien auf, die hier Abstand zu ihrem Alltag gewinnen und unter fachkundiger Anleitung lernen sollten, für sich selber zu sorgen. Neben dem Genuss der freien Zeit taten sie alle Dienst an der Gemeinschaft und folgten dabei einem ausgeklügelten, kindgerechten Plan.

Hubert kam die Aufgabe zu, sie gelegentlich, in Absprache mit der Heimleitung, durch das Gelände und auf die Alpe zu führen und sie mit seiner Welt vertraut zu machen. Er bestimmte mit ihnen gemeinsam die unterschiedlichen Baumarten, Pilze und

Kräuter und erzählte ihnen vom Zusammenleben der Pflanzen und Tiere in diesem Stück Natur. Er lehrte sie, die unterschiedlichen Vogelarten an ihrem Gesang zu erkennen und sagte anhand der Bewegung und Form der Wolken das Wetter für den nächsten Tag voraus. Wenn er mit seiner brummigen, ruhigen Stimme sprach, spitzten selbst die wilderen unter den Kindern ihre Ohren und vergaßen in seiner Gegenwart für kurze Zeit ihre traurige Realität.

Die Kinder, eine Gruppe von an die zwanzig Buben und Mädchen, alle zwischen zehn und zwölf Jahre alt, kamen diesmal aus dem Norden von Deutschland, irgendwo bei Bremen, und viele von ihnen waren zum ersten Mal in den Bergen. Alle galten auf die eine oder andere Art als sozial auffällig, was immer das bedeutete, und vereinzelt auch als schwer erziehbar.

Für Hubert war diese Aufgabe ein Heimspiel, und sie stellte eine willkommene Abwechslung in seinem sonst eher ereignislosen Leben dar. Als Kind hatte er im Sommer jede freie Minute hier oben verbracht, die Kühe von der nahen Alpe gehütet und den Sennen und Hirten bei ihrer Arbeit geholfen.

Schon damals konnte er sich nicht sattsehen an den mächtigen Bergen, die wie riesige Wächter über den Wäldern und Wiesen standen und auch auf ihn, den jüngsten Buben vom Huber Schorsch, dem Tischler aus dem Dorf, aufgepasst hatten.

Viele Jahre später, nach seiner Rückkehr aus dem Ausland, hatte er das heruntergekommene Holzhaus von Grund auf saniert und sich ganz in diese Stille und Einsamkeit zurückgezogen. Genau hier wollte er die Zeit, die ihm noch blieb, verbringen, und von hier wollte er einmal die letzte Reise zu seinem Ursprung antreten.

Runter ins Tal ging er nur noch zum Einkaufen oder wenn sein gesundheitlicher Zustand einen Arztbesuch erforderlich machte. In der Saison, wenn das nahe gelegene Ferienwohnheim aufhatte, konnte er seinen Bedarf an Lebensmitteln auch dort decken. Martha, die Köchin, hatte immer genug Vorräte auf Lager, und das Brot, das sie selber für ihre kleinen Gäste buk, schmeckte ihm sowieso besser als das Brot aus dem Dorfladen; von ihrem Nusskranz ganz zu schweigen.

Heute stand erst einmal eine Vorstellungsrunde mit den Neuankömmlingen auf dem Plan und anschließend ein Besuch der nahegelegenen Alpe. Die Kinder bekamen dort frische Kuhmilch zu trinken, durften Käse und Butter probieren und die Stallungen für das Vieh besichtigen. Danach machte Hubert mit ihnen eine Runde durch das Gelände, und sie lernten die Namen der umliegenden Berge. Diese würden später immer wieder Gegenstand von Rätselspielen sein, bei denen man kleine Preise gewinnen konnte.

Nach Einbruch der Dämmerung saß die ganze Meute um ein Lagerfeuer, für dessen Holz und Aufbau die Kinder selber sorgen mussten. Die Betreuer konnten bei dieser Gelegenheit das Sozialverhalten ihrer Schützlinge kennenlernen und sich so besser auf sie einstellen.

Als das Feuer schon lichterloh brannte, griff eine der Begleiterinnen, eine junge, hübsche Frau aus Schlesien, zur Gitarre und spielte Lieder aus ihrer Heimat. Einige von den Kindern sangen die Refrains mit. An ihren Augen konnte man erkennen, wie sehr sie dieses Erlebnis erreichte. Auch Hubert, der alte Grantler, wirkte an diesem Abend wie ausgewechselt. So wie immer, wenn er mit den Kindern zusammen war. Es gab ihm viel, für sie etwas tun zu können, und es befreite ihn von seinen trüben Gedanken, die sonst unkontrolliert in seinem Schädel kreisten.

Lasse, einen zehnjährigen, schmächtigen Blondschopf aus Bremerhaven, hatte der Alte besonders ins Herz geschlossen. Der Junge tat sich schwer, in der Gruppe Anschluss zu finden und wich Hubert bei den gemeinsamen Ausflügen nicht von der Seite. Manchmal, wenn er sich unbeobachtet glaubte, nahm er verschämt die Hand des Alten, und der ließ ihn wortlos gewähren.

Wann immer er konnte, schaute Lasse nach dem

Abendbrot allein bei Hubert vorbei. Dann saßen die zwei wie verschworene Freunde nebeneinander auf der Bank vor dem Haus, ließen den Blick über die Landschaft schweifen und führten wichtige Gespräche. Ein anderes Mal schwiegen sie einfach vor sich hin und genossen die Gegenwart des anderen.

Manchmal erzählte der Alte dem Jungen von früher, aus der Zeit, als er selbst noch ein Kind war, und manchmal erzählte er ihm von seinen Jahren in Amerika. Im Kopf des Kleinen entstanden dabei faszinierende Bilder aus fremden Welten, Bilder, an denen er sich nicht satt sehen konnte. Am meisten beeindruckten ihn die Erzählungen aus Huberts Zeit in Pampa, einer Stadt im Gray County in Texas, wo er, der gelernte Maschinenschlosser, für eine Firma gearbeitet hatte, die Ölfördertürme baute und instandhielt. Er sprach von der wilden Natur, von dem entbehrungsreichen Leben der Siedler, der großen Freiheit und von der unermesslichen Weite des texanischen Himmels.

Wenn Hubert alles so ausmalte, spürte der Junge die tief gründende menschliche Wärme, die dieser hinter seiner oft abweisenden Miene verbarg, und er empfand einen Frieden, wie er ihn von zuhause nicht kannte.

Wenn Lasse einmal aus seiner Welt erzählte, was eher selten vorkam, dann sprach er leise und mit diesem genuschelten Bremer Schnack, einem Dialekt, der Hubert an eine längst verflossene Liebe erinnerte, die er auf seiner allerersten Überfahrt nach Amerika kennengelernt hatte. Er wusste noch, dass sie Gretchen hieß und dass sie aus dem Bremer Ortsteil Blumenthal stammte; aus „Blomendal", wie sie immer sagte.

Auch am vorletzten Abend vor der Abreise schaute Lasse wieder bei Hubert vorbei. Als er um die Ecke gebogen kam, wirkte er bedrückt, und sein „Grüß Dich, Hubert!" war kaum zu hören. Er schaute seinen alten Freund nicht einmal an.

„Komm her Bub", sagte der zur Begrüßung. „Setz Dich, wenn du magst, und erzähl mir, was Dich quält."

Lasse setzte sich neben den Alten auf die Bank und sagte eine Zeit lang gar nichts. Erst als auch Hubert keine Anstalten machte, das Wort zu ergreifen, fing der Junge stockend an zu reden.

„Heute war so eine Psychotante aus der Stadt bei uns", sagte er so leise, dass Hubert ihn kaum verstehen konnte. „Sie hat uns gefragt, was wir unter Geborgenheit verstehen, und ich habe, anstatt zu antworten, nur auf den Boden geschaut. Ich habe das Wort noch nie gehört."

Der Bub hob den Kopf und schaute Hubert an.

„Hättest Du eine Antwort auf diese Frage gehabt?"

Hubert wusste nicht gleich, was er antworten sollte, denn diese Art von Themen war bei Gott nicht seine Stärke. Er konnte sich nicht erinnern, dass zuhause je über Gefühle wie Liebe, Zärtlichkeit oder Geborgenheit gesprochen worden wäre. Die Mutter vielleicht, dem Vater gegenüber, aber die starb früh, und der Vater, der die Kinder nach ihrem Tod alleine durchbringen musste, hatte genug damit zu tun, die hungrigen Mäuler zu stopfen. Die paar Bekanntschaften, die der Mutter folgten, haben sich nie um die Kinder geschert.

So kam es, dass der Hubert zeitlebens eine Scheu davor hatte, Gefühle zu zeigen oder darüber zu reden. Und auch in der Einordnung der Gefühle anderer war er ein ums andere Mal komplett danebengelegen.

›Wie viele Frauengeschichten sind an diesem Felsen zerschellt?‹, dachte er bei sich und holte tief Luft.

Aber jetzt musste er reden. Der Bub brauchte eine Antwort und zwar sofort.

Also neigte er seinen Kopf zur Seite, wie wenn er alles, was er über dieses Thema wusste, in seinem Hirn zusammenrinnen lassen wollte und versuchte angestrengt, sich zu konzentrieren. Auf seiner Stirn stand eine tiefe, senkrechte Falte.

„Lasse, in diesen Dingen bin ich noch nie gut gewesen, aber ich will versuchen, Dir eine Antwort zu geben, weil Du mein Freund bist", fing er tastend und unsicher an.

„Am besten wird sein, ich erzähle Dir eine Geschichte aus der Zeit, als ich noch ein Kind war und die Mutter noch lebte. Vielleicht kann ich Dir so deutlich machen, was ich unter Geborgenheit verstehe."

Lasse schaute den Alten erwartungsvoll an.

Der holte noch einmal tief Luft und begann zu erzählen:

„Als Kleinkind, mit vier oder fünf Jahren, bin ich morgens oft zu meiner Mutter ins Bett gekrochen und habe mich mit meinem Rücken an ihren Bauch und ihre Brüste geschmiegt. Sie hat dann, verschlafen wie sie war, ihren Arm um mich gelegt und mich gewähren lassen. Ich fühlte die Wärme ihres Körpers auf meinem Rücken, und ich roch den Duft ihrer Haut."

Dass dieser Duft ihm oft fremd vorgekommen war und er deswegen den Eindruck hatte, seine Mutter sei gar nicht aus seinem Rudel und er nicht ihr Junges, behielt er für sich. Er wollte den Buben auf keinen Fall verwirren.

„Meine Augen hatte ich in der ganzen Zeit fest auf meinen Vater gerichtet", fuhr er fort. „Der lag im Bett neben meiner Mutter und schlief meist noch, wenn ich ins Bett gekrochen kam. Die Nähe zu ihm bedeutete mir alles. Er war mein Held. Während ich ungeduldig darauf wartete, dass er endlich aufwachte, konnte ich im Halbdunkel des Morgens die Konturen seines nach vorne geneigten Kopfes, seiner lichten, zerzausten Haare und der Hand ausmachen, die er sich vor die Augen gelegt hatte. So, als ob er das frühe

Licht daran hindern wollte, ihn aufzuwecken.

Hinter ihm, auf seinem Nachtkästchen, lag seine Zahnprothese in einem Glas Wasser, daneben seine klobige, dunkle Lesebrille und die „Stadt Gottes", die Kirchenzeitung, in der er abends vor dem Einschlafen manchmal noch las.

In diesen Momenten, glaube ich, fühlte ich mich geborgen."

Als er fertig war mit erzählen, sah Hubert, dass Lasses Blick sich in der Ferne verlor und in seinen Augen Tränen standen. Schlagartig wurde ihm klar, dass die Geschichte wohl nicht so gut gewählt war, wie er angenommen hatte.

›Was kann der Bub damit schon anfangen?‹, fragte er sich, verärgert über seine Instinktlosigkeit. ›So eine Schilderung macht alles nur schlimmer, weil er diese Art von Nähe in seinem Zuhause sicher nicht erleben kann.‹

Ihm musste etwas einfallen, was der Junge verstehen und mit nach Hause nehmen konnte; nicht so ein unwirkliches Bild aus einer Welt, die ihm fremd war.

Als er glaubte, eine Lösung gefunden zu haben, setzte er behutsam nach:

„Lasse, das war nur eine Geschichte, eine von vielen, die es gibt. Und keine ist wie die andere.

Wenn ich es mir genau überlege, fühlte ich mich immer dann geborgen, wenn mich jemand angenommen hat, so wie ich gerade war, wenn ich mich bei ihm oder ihr sicher fühlen konnte, wenn ich ihn oder sie gerne um mich hatte.

Dieses Gefühl kann einem jeder vermitteln, nicht nur der Vater oder die Mutter. Es muss nicht einmal ein Mensch sein. Es kann der Wald sein, der Dir Schutz und Schatten spendet, ein großer Stein, der Dir als Lehne dient oder ein Fluss, der Dich an seinem Ufer sitzen lässt und Dir die Füße kühlt. Oder es ist ein Tier, das Dir vertraut und Dich beschützt. Verstehst Du, was ich meine?"

Lasse nickte.

„Ich glaube schon", sagte er nach einer langen Pause, „aber wenn Du wüsstest, wie es da ist, wo ich herkomme, würdest Du auch das nicht erzählen.

Bei mir zuhause gibt es keinen Vater, dafür eine Mutter, die dauernd betrunken ist, und es gibt ganz wenige Menschen, die mit uns überhaupt etwas zu tun haben wollen. Nur die Frau vom Sozialamt kommt regelmäßig vorbei und stellt immer die gleichen Fragen. Dann macht sie Häkchen und Bemerkungen in ihr Formular und geht wieder. Sie ist immer in Eile, und ich habe sie noch nie lachen sehen."

Der Bub hielt kurz inne.

Dann fuhr er fort: „Ein Wald ist bei uns zuhause ebenso wenig in der Nähe wie ein Fluss. Streunende Katzen und herrenlose Hunde sind die einzigen Tiere, die wir in unserer Gegend zu sehen bekommen."

Lasse saß da wie ein kleines Häufchen Elend und schaute Hubert direkt in die Augen.

Der konnte die Enttäuschung und den Schmerz seines kleinen Freundes körperlich spüren. Ein großer Druck lag auf der Brust des Alten, und er war am Boden zerstört.

Lasse hatte recht. Er hatte keine Ahnung von seiner Realität, er hatte sich nicht einmal die Mühe gemacht, darüber nachzudenken oder ihn vorher danach zu fragen. Die Bilder, die er gemalt hatte, hätten genauso gut aus einem Märchenbuch für kleine Kinder stammen können.

›Wie dumm von mir‹, dachte er sich, ›wie unglaublich dumm!‹

Hubert nahm sich vor, Lasse gleich am nächsten Tag zu bitten, ihm mehr von zuhause zu erzählen. Vielleicht fiele ihnen ja gemeinsam ein Beispiel für Geborgenheit ein, das auch in seiner Welt Bestand haben würde.

›Vielleicht‹, dachte sich Hubert spontan, ›vielleicht lade ich den Jungen im Herbst, zusammen mit seiner Mutter, auf meine Hütte ein.‹

Kaum hatte der Gedanke sein Bewusstsein erreicht, zuckte er erschrocken zusammen und schlug sich mit der flachen Hand gegen die Stirn.

„Bist Du jetzt völlig übergeschnappt?", fuhr er sich selber an und schüttelte heftig den Kopf. „Was sollte denn das werden? Machst Du jetzt einen auf

Familientherapie? Am besten wird sein, Du gehst derlei Themen in Zukunft aus dem Weg und redest nur noch über Dinge, von denen Du auch etwas verstehst."

Erschöpft und frustriert stand er auf und legte Lasse die Hand auf die Schulter.

„Wir reden morgen weiter. Für heute habe ich genug angerichtet."

Hubert versuchte sich noch an einem Lächeln, aber es wollte ihm nicht gelingen. Ohne ein weiteres Wort zu sagen, ging er nach drinnen. Ihn fröstelte plötzlich. In der Stube ließ er sich schwer auf den Diwan fallen und starrte zur Decke.

›Morgen ist wieder ein Tag‹, ging es ihm noch durch den Kopf. Dann fiel er in einen schweren, traumlosen Schlaf.

Lasse hatte Huberts Selbstgespräch schweigend verfolgt und sich nicht von der Stelle gerührt. Nachdem die Türe hinter seinem Freund ins Schloss gefallen war, blieb er noch für ein paar Minuten und versuchte, das eben Erlebte zu verarbeiten.

›Ein bisschen sonderbar ist er schon‹, dachte er bei sich, ›aber er ist ja auch schon ein alter Mann.‹

In dem Moment fiel es ihm wie Schuppen von den Augen.

›Natürlich!‹, schoss es ihm durch den Kopf, ›Hubert wäre die richtige Antwort gewesen.‹

Hubert bedeutete für ihn Geborgenheit. Bei ihm fühlte er sich wohl, und ihm vertraute er.

Lasse war ganz begeistert von seiner Erkenntnis und wunderte sich, dass er nicht schon früher draufgekommen war. Er konnte es kaum erwarten, seinem Freund davon zu erzählen.

Morgen, gleich morgen würde er das tun.

Als Lasse am nächsten Tag auf dem Maisäß eintraf, wurde er bereits erwartet. Es war der Vorabend seiner Abreise.

Hubert hatte den Tisch feierlich mit zwei Tellern und zwei Gläsern gedeckt und daneben das Besteck und eine aus Küchenrolle gefaltete Serviette gelegt. In der Mitte des Tisches standen ein Brett mit Speck, Käse und Schwarzbrot sowie ein Doppelliter Rotwein und eine Flasche Süßmost.

„Lasse, es tut mir leid, dass ich gestern so aus unserem Gespräch ausgestiegen bin", eröffnete Hubert das Gespräch, „aber ich hatte wohl keinen guten Tag."

„Das macht doch nichts", meinte Lasse und brachte die Rede wieder auf das Thema vom Vortag. Er erzählte Hubert, was er herausgefunden hatte und schaute ihn erwartungsvoll an.

Huberts Gesicht hellte sich auf.

„Das freut mich, wenn Du das sagst. Seltsam, dass mir das nicht eingefallen ist. In der Tat ist unsere gemeinsame Zeit etwas ganz Besonderes. Auch für mich ist das so."

Hubert forderte den Jungen auf, zuzugreifen und schenkte ihm sein Glas randvoll mit Süßmost ein.

„Um welche Uhrzeit müsst Ihr denn morgen aufbrechen?", wollte er wissen.

„Der Bus holt uns schon um acht beim Parkplatz an der kleinen Kapelle ab. Wir müssen früh raus", sagte Lasse und schnitt sich ein großes Stück Käse ab.

Eine Zeit lang aßen die Beiden, ohne ein Wort zu reden und hingen ihren Gedanken nach.

„Lässt Du Dich morgen vor der Abreise noch im Heim blicken?", nahm der Bub den Faden wieder auf.

„Aber sicher. Das ist doch Ehrensache", meinte Hubert. „Ich begleite Euch zum Bus. Sonst geht Ihr Stadtratten mir auf dem Weg noch verloren."

Sie lachten beide.

„Dann gehe ich jetzt", sagte der Junge mit einem Seufzer und stand vom Tisch auf.

„Danke für alles", sagte er und versuchte seine Tränen zu unterdrücken. Hubert schnäuzte sich lautstark in sein kariertes Taschentuch und stand ebenfalls auf. Mit seinen riesigen Händen fuhr er Lasse zärtlich durch die Haare.

„Wir sehen uns morgen", sagte Hubert. „Und jetzt schau, dass Du weiterkommst", setzte er nach. „Sonst fange ich auch noch an zu heulen."

Lasse nickte betreten und verschwand wortlos um die Ecke. Er wirkte noch kleiner und schmächtiger als sonst.

Hubert blieb vor der Hütte sitzen und starrte in den sternenklaren Himmel. Der Abschied von dem Jungen tat ihm weh. So hatte er schon seit Jahren nicht mehr empfunden.

Er malte sich aus, wie es Lasse wohl ergehen würde, wenn er nach Hause kommt. Zu seiner alkoholkranken Mutter, in seine triste Umgebung. Und er fragte sich, ob wohl irgendetwas von dem, was er hier gelernt hatte, bei ihm hängenbleiben, ihm weiterhelfen würde.

Er fühlte sich ohnmächtig und hilflos. Ihm war, als hätte er den Jungen im Stich gelassen, ihn alleine in eine Welt zurückgeschickt, in der er nichts mehr für ihn tun konnte.

Plötzlich war ihm nach Beten zumute. Er brauchte einen Verbündeten, der einen besseren Überblick hatte als er.

Seine Worte kamen stockend, holprig, aber von tief innen. Hubert hoffte sehr, dass es stimmte, was manche Leute sagen: Dass nämlich gute Gedanken nie umsonst gedacht werden und dass sie ihren Weg zu ihrem Adressaten finden. Egal, wieviel Strecke sie zurücklegen müssen.

Irgendwie fand er auch an diesem Abend ins Bett, doch die Nacht verlief unruhig. Hubert wälzte sich von einer Seite auf die andere, aber er machte kein

Auge zu. Erst als es schon dämmerte, fiel er in einen kurzen, traumlosen Schlaf.

Am Morgen danach quälten ihn mörderische Kopfschmerzen, und er fühlte sich wie gerädert. Hubert zog sein verschwitztes Unterhemd aus und stellte sich vor die Tür. Die Luft war noch angenehm frisch. Er ging zum Brunnen und vollzog sein morgendliches Waschritual. Dann kniete er sich auf den Boden, hielt sich mit beiden Händen am Brunnenrand fest und steckte den Kopf bis zum Hals in das eiskalte Wasser. Nach wenigen Sekunden zog er ihn, prustend und nach Luft schnappend, wieder heraus.

Schlagartig kamen seine Lebensgeister zurück. Noch während er sich abtrocknete, kam ihm die zündende Idee:

Die Firma hatte ihm zum Abschied einen Füllfederhalter geschenkt. Es war ein „Meisterstück" von Montblanc, ein äußerst wertvolles Schreibzeug. Hubert hatte es nie wertgeschätzt und auch nicht ein einziges Mal benutzt. Jetzt aber bekam das Geschenk auf einmal einen Sinn.

Er beschloss, Lasse den Füllfederhalter zum Abschied zu schenken und ihm dafür das Versprechen abzunehmen, ihm jeden Monat zu schreiben. Hubert wollte das Gleiche tun. So würden sie in Kontakt bleiben und wüssten, wie es dem anderen geht.

Vor allem aber: Hubert könnte sich jeden Satz in Ruhe überlegen und über Nacht nachwirken lassen. Nicht so wie beim Reden, wo ihm die Worte oft schneller kamen als das Denken. Und vielleicht könnte er auf diese Weise sogar über das reden, was ihn bewegte, was er fühlte.

Der Gedanke beflügelte ihn.

Als er am nächsten Morgen am Bus stand und Lasse das Geschenk übergeben hatte, war er mit sich zufrieden.

Der Junge hatte sich sehr darüber gefreut und ihm hoch und heilig versprochen, dass er ihm regelmäßig schreiben würde. Sogar gedrückt hatte er ihn, vor allen Leuten, und er hat sich seiner Tränen nicht geschämt.

Das Foto, das Hubert vor dem Maisäß sitzend zeigte, entdeckte Lasse erst zuhause. Auf der Rückseite stand in weit ausholender Handschrift:

Für meinen Freund Lasse. Zur Erinnerung an den Sommer 2015. Hubert

Die Wienfahrt

Als Jakob Kaufmann seiner Frau Annelies eröffnete, dass er und seine ehemaligen Klassenkameraden überlegten, anlässlich ihres fünfzigjährigen Maturajubiläums im August eine Reise nach Wien zu unternehmen, war er innerlich zerrissen.

Zwar mochte er die Gesellschaft seiner alten Schulfreunde, jedoch die Vorstellung, so lange von zuhause wegzubleiben, lag ihm quer. Zudem hatte ihn eine Großstadt wie Wien noch nie gelockt. Als er vor zwanzig Jahren das erste und letzte Mal dort war, war er noch Gemeindesekretär und besuchte eine Fortbildung. In seiner Erinnerung waren nur Bilder von Hektik und Stress und natürlich die Wiener Kollegen, mit deren Naturell er als Vorarlberger seine liebe Not hatte.

Jakob hatte deswegen vorgeschlagen, für ein oder zwei Tage in die Berge zum Wandern zu gehen, aber dieser Vorschlag kam nicht gut an. Das sei viel zu anstrengend in dem Alter und man sei zu sehr vom Wetter abhängig, hatten einige seiner Freunde argumentiert und so die Idee mit der Wurzel ausgerissen.

Annelies tröstete ihn daraufhin damit, dass er doch in seiner Heimat im Bregenzerwald jederzeit zum Wandern gehen könne, und meinte, dass es nicht schaden würde, wenn er wieder einmal etwas unternähme, um seinen Horizont zu erweitern. Die kleine Nebenerwerbslandwirtschaft, die er auch nach seiner Pensionierung nicht aufgegeben hatte, würde sie in der Zeit seiner Abwesenheit schon besorgen können, zumal sie im August ihre Fremdenzimmer ohnehin nur an Selbstversorger vermieten würde und die Kinder der Touristen ja auch eingespannt werden könnten.

„Da siehst Du mal wieder etwas anderes und triffst neue Leute", sagte sie. „Nicht nur mich und Deine Viecher."

Annelies hätte viel dafür gegeben, selbst wieder einmal in eine Großstadt zu kommen, aber daran war mit ihrem Mann nicht zu denken. Seit sie vor über vierzig Jahren die Liebe von Düsseldorf in den Bregenzerwald verschlagen hatte, war sie nur noch selten weggekommen, und wenn, dann immer allein.

Jakob konnte sie nur zweimal aus dem „Wald" hinausbewegen. Einmal zur Beerdigung ihrer Mutter nach Deutschland und einmal nach Rom, zusammen mit dem Herrn Pfarrer. Aber Annelies hat sich nie beklagt. Jakobs Vorteile wogen diese Schwäche bei Weitem auf.

In dem großen, hageren Mann mit den gelockten, langen Haaren und seinem weißen Ziegenbart, konnte sie noch immer den jungen Naturburschen sehen, in den sie sich vor fünfundvierzig Jahren verliebt hatte. Während eines Schiurlaubs im Bregenzerwald war es passiert. Beim Fünfuhrtee, wo der Jakob, ihr blutjunger Schilehrer, mit am Tisch saß und sie mit seiner offenen, freundlichen Art und seinen wachen, hellgrünen Augen in seinen Bann gezogen hatte. Annelies´ Mutter fand damals, dass er aussähe wie Prinz Eisenherz in lang.

Und so kam es, dass Jakob am Samstag, dem zwölften August 2017, zusammen mit acht seiner Klassenkameraden zu einer Reise nach Wien aufbrach. Annelies hatte ihm seinen alten braunen Koffer gepackt und Äpfel, Landjäger und selbstgebackenes Brot mitgegeben. In der Wäsche versteckte sie noch ein Bild, das sie und Jakob als junges Paar am Bodensee zeigte. Auf einem Zettel, der auf dem Bild klebte, stand:

„Viel Freude in Wien und komm´ halt wieder! Liebe, A."

›Und das nach vierzig Jahren Ehe‹, dachte er sich, als er den Zettel gefunden hatte, und wäre am liebsten gleich wieder umgekehrt.

Die ersten Tage in Wien vergingen wie im Flug. Richard, der Gruppenchef, hatte ein straffes Programm für jeden einzelnen Tag festgelegt, und am Abend fielen den Helden schon nach wenigen Achteln Wein die Augen zu. Mönche hätten nicht enthaltsamer leben können.

Am Mittwoch, dem fünften Tag ihrer Reise, zog sich Jakob abends etwas früher in sein Zimmer zurück und tat, was er sich schon zu Beginn der Reise fest vorgenommen hatte: Er schrieb einen Brief nach Hause.

Er wusste, Annelies liebte Briefe.

„Wenn sich einer schon die Zeit nimmt, mir zu schreiben, dann muss ich ihm wichtig sein", hat sie immer gesagt und alle Briefe in einem Holzkästchen aufgehoben.

Als dann die Ära von E-Mail, SMS und WhatsApp angebrochen war, änderte sich das. Sie lernte zwar damit umzugehen, doch außer den für die Vermietung wichtigen Unterlagen hob sie nichts mehr auf.

Jakob holte das hoteleigene Briefpapier aus der Schreibtischschublade, schenkte sich ein Glas Grünen Veltliner ein und legte los.

Liebe Annelies,

ich hoffe, es geht Dir gut, und die Arbeit ist Dir noch nicht über den Kopf gewachsen.

Wir sind jetzt schon fünf Tage in Wien, und ich schreibe Dir heute, weil ich sonst vor dem Brief bei Dir ankomme.

Nach knapp sieben Stunden Fahrt sind wir pünktlich am neuen Hauptbahnhof am Südtiroler Platz angekommen. Von dort sind wir mit der U-Bahn nach Hietzing und dann mit der Tram zu unserem Hotel in Penzing gefahren. Es liegt direkt neben dem Technischen Museum und ist nur zehn Gehminuten entfernt vom Schloss Schönbrunn.

Die Fahrt mit dem Schnellzug war angenehm. Richard hatte in einem Großraumwagen zusammenliegende Plätze reserviert, und so hatten wir die Möglichkeit, uns in entspannter Atmosphäre zu unterhalten.

›Älter sind wir alle geworden‹, habe ich mir gedacht.
Die Egos sind seit dem letzten Ausflug vor zehn Jahren kleiner geworden. Das Flügelschlagen hat aufgehört. Keiner hat mehr versucht, seine beruflichen Glanzleistungen herauszukehren oder sich nur über seinen Besitz zu definieren. Es gab mehr ernsthaftes Interesse am Leben der anderen. Handys mit Bildern von Enkeln und von der Familie wurden herumgereicht, von Reisen haben sie erzählt und davon, wie es ihnen so ginge mit der vielen freien Zeit in der Rente. Eine weitere Ehe ist in die Brüche gegangen – der Norbert wurde von seiner Veronika verlassen – und natürlich war wieder vom Johann die Rede, der schon vor Jahren gestorben ist. Nur vereinzelt kamen gesundheitliche Themen zur Sprache.

Dadurch, dass die Fassaden durchlässiger geworden sind, habe ich wieder die Buben von damals gesehen. So, wie sie waren, als wir noch zusammen auf der Schulbank hockten, und ich habe mich über dieses Wiedersehen gefreut.

Das Wetter in Wien ist sommerlich warm. Am späten Nachmittag sind wir gestern auf über dreißig Grad gekommen. Bei diesen Temperaturen hat der permanente Wind, der in Wien bläst, auch sein Gutes. Man empfindet die Hitze nicht so drückend wie bei uns zuhause, wo die Luft manchmal steht.

Die Innenstadt von Wien wird von Menschen regelrecht geflutet. Sie kommen aus der ganzen Welt. Auch Araber sind dabei, deren Frauen verschleiert sind, und, wie überall, eine große Zahl von Japanern und Chinesen. Sie treten meist in Gruppen auf und fotografieren alles, was ihnen vor die Linse kommt. Sie scheinen gar keine Zeit zu haben, in Ruhe die Umgebung zu genießen und kennen Wien nur vom Blick durch den Sucher.

Wiener dürften hier im Zentrum in der Minderzahl sein. Die werden sich hüten, ohne Not zur Hauptsaison ihre Wohnbezirke zu verlassen und sich in dieses Kampfgebiet zu begeben. Höchstwahrscheinlich geht es ihnen mit den Touristen so wie uns nach der Ferienzeit. Sie werden froh sein, wenn sie endlich weg sind und ihre Stadt wieder ihnen gehört. Ich könnte mir vorstellen, dass es im späteren Herbst weniger überlaufen und für Einheimische und Besucher besser zum aus-

halten ist.

Auf dem Westbahnhof haben wir auch Flüchtlinge gesehen. Die meisten waren jung, zaundürr und dunkelhäutig. Ich habe mich gefragt, was sie wohl den ganzen Tag treiben, und ob diese armen Teufel jemals wieder den Weg nach Hause finden werden. Überall sind Polizisten präsent und kontrollieren ihre Papiere. Mehr können sie eh nicht machen.

Die jungen Leute in der Stadt haben ihre eigene Mode und tragen ihre Haare in allen Formen und Farben. Auffallend viele schmücken sich mit Tattoos. Teils sind es Bilder, teils Namen oder Symbole. Ich stelle mir vor, wie diese Wanderkunstwerke wohl aussehen werden, wenn die jungen Leute erst in mein Alter kommen. Die Nasenringe und Piercings schauen auch gefährlich aus, aber die kann man wenigstens entfernen, wenn man sie nicht mehr sehen mag oder die künftige Schwiegermutter oder ein Arbeitgeber das nicht so schön finden.

In der U-Bahn hört man kaum ein deutsches Wort, und die Leute unterhalten sich in Sprachen, die ich nicht verstehe. Der Richard glaubte zu wissen, dass in Wien fast vierzig Prozent Ausländer leben. Den größten Anteil hätten die Serben, dann die Türken und danach die übrigen Oststaaten. Wenn es stimmt, dass die Ausländer mehr Kinder kriegen als die „Eingeborenen", kann man sich leicht ausrechnen, wohin das alles führt. Wohler wird einem bei dem Gedanken nicht.

Annelies, Du kannst Dir gar nicht vorstellen, wie viel Grün Wien hat. Überall gibt es großzügige Parkanlagen mit Liegewiesen und Sitzgelegenheiten, die von den Leuten gerne genutzt werden. Die Alten hocken auf den Bänken und hängen ihren Gedanken nach, und die jungen Leute sitzen oder liegen auf den Rasenflächen, diskutieren, schmusen oder schauen einfach Löcher in die Luft. Es ist ein schöner Anblick.

Locker hineingestreut in dieses Bild stehen Statuen von Musikern, Politikern und Herrschern früherer Epochen. Meist sind sie eingerahmt von gepflegten Blumenbeeten, Bäumen und Sträuchern.

Entlang der Wien, einem schmächtigen Flüsschen, das Penzing von Hietzing trennt, sind wir einmal durch eine Auslaufzone für Hunde spaziert. Da können sich die Tiere und ihre Halter ohne Leinenzwang frei bewegen. Sicher auch ein großes Feld für neue Bekanntschaften zwischen den Herrchen und Frauchen der losgelassenen Tiere.

Man sieht auch viele junge Mütter mit Kleinkindern im Kinderwagen. Die Kleinen kauen an allem, was ihnen ins Gesicht hängt, während die Mütter in ihr Handy schauen oder telefonieren. In den öffentlichen Verkehrsmitteln wird ihnen immer bereitwillig Platz gemacht.

Ein kleines Mädchen hat in der Tram, aus dem Kinderwagen heraus, so arglos und direkt mit einem jungen Mann im Kilt geflirtet, dass der ganz verlegen ge-

worden ist. Beim Aussteigen hat er der Kleinen über die Haare gestreichelt, und die hat gequietscht vor Freude.

Natürlich laufen wir nicht nur ziellos durch die Gegend. Dafür sorgt schon der Richard mit seinem Plan.

Am Sonntag waren wir im „Himmel". Das ist eine Anhöhe, die über Grinzing liegt. Die Gehsteige der Himmelstraße, die von Grinzing aufwärtsführt, sind zum Teil so schmal, dass nur ein Einbeiniger sie benutzen kann. Die Straße wird gesäumt von edlen Villen, die sich mit einfachen Häusern abwechseln. Hinter den hohen Hecken und Mauern regte sich kein hörbares Leben, und auch die Balkons und Terrassen waren leer. Nur Kameras glotzten uns an, und Schilder wiesen darauf hin, dass die Grundstücke bewacht seien.

Für mich wäre es schwer vorstellbar, hier zu leben. Mir würde der Kontakt zu den Nachbarn sicher abgehen.

Weiter oben am Weg haben wir die Sisi-Kapelle besucht. Das ist ein gefälliger Sakralbau, die ehemalige Hochzeitskapelle des Kaiserpaares, bei dessen Entwurf die Sisi selber mitgewirkt haben soll und der heutzutage für die unterschiedlichsten Zwecke wie Eheschließungen, Taufen und Verabschiedungen genutzt wird. Unweit davon steht ein schlichtes Denkmal, das die Wiener dem Sigmund Freud in die Landschaft gestellt haben.

Wenn eine liebevolle Landschaftspflege Voraussetzung für einen Platz im Himmel wäre, würden die da-

für Verantwortlichen aus dem 19. Bezirk eher länger anstehen müssen. Einige der Bänke entlang des Weges haben nur noch eine oder gar keine Latte mehr im Rücken, die Sitzflächen sind teilweise ramponiert und die Wiesen und Wege sind weitgehend sich selber überlassen. Auch die Beschilderung ist nicht so gut wie bei uns im Ländle. Dafür haben wir zwei resche Wienerinnen kennengelernt, die uns freundlich und bestimmt in die richtige Richtung dirigiert haben. Das hat dann die zuvor erwähnten Eindrücke in ein wärmeres Licht getaucht.

Die eigentliche Attraktion am „Himmel" ist der Lebensbaumkreis, der durch die im Rund gepflanzten Bäume den Verlauf eines Jahres symbolisiert. Jedem Geburtstag ist ein Baum zugeordnet, und der steht für bestimmte Charaktermerkmale, ähnlich den Tierkreiszeichen.

Ich bin eine Pappel. Da steht geschrieben: aktiv, schnelle Auffassungsgabe, aufgeschlossen, verlässlich, fühlt sich oft unverstanden, besitzt Vernunft und Intuition, ist ein Freund fürs Leben.

Du, Annelies, bist eine Zeder. Wir stehen genau nebeneinander. Bei Dir kann man lesen: entscheidungsfreudig, selbstsicher, optimistisch, leicht ungeduldig, übernimmt oft Führungsaufgaben, vielfältig begabt.

Findest Du nicht auch, dass sie uns gut getroffen haben?

Von der Anhöhe sieht man weit über die Stadt.

Es ist ein beeindruckender Ausblick, „a breathtaking view", wie eine Amerikanerin schwärmte, die neben uns lief und sich vor Begeisterung gar nicht mehr eingekriegt hat.

Am Montag waren wir dann in Schönbrunn, haben uns die Schlossanlage angesehen und später den Tiergarten besucht. Aufgrund der Hitze hielten sich die Tiere meist an schwer einsehbaren Schattenplätzen oder in ihren Höhlen auf. Da habe ich die Zeit halt genutzt, mir stattdessen die Leute anzuschauen und deren Verhalten zu studieren.

Gestern waren wir mehr als vier Stunden auf dem Zentralfriedhof. Auf diesem riesigen Areal liegen fast drei Millionen Tote. Das sind mehr als Lebendige in ganz Wien. Man könnte Tage hier verbringen.

Der Zugang zu dieser Totenstadt ist über mehrere Tore verteilt, an denen auch die Straßenbahn hält. Wir haben die Gräber großer Musiker, Künstler, Schauspieler und Politiker gesehen. Bei den Privatgräbern kann man an der Größe der Grabsteine erkennen, für wie wichtig sich diese Familien im Leben genommen haben. Dass die Liebe nicht immer mit der Wichtigkeit Schritt gehalten hat, konnte man am Zustand der Grabstätten erkennen. Viele werden von Dienstleistern gepflegt, die ihre bunten Werbetäfelchen einfach in die Graberde stecken. Am liebsten hätte ich sie alle herausgerissen, weil ich das geschmacklos fand.

Der Gang über den Babyfriedhof hat mich beson-

ders angerührt. Da liegen Kinder, die schon am Tag ihrer Geburt oder kurz darauf gestorben sind. Die Gräber sind voller Spielsachen, Blumen und Bilder, und man mag sich gar nicht vorstellen, wie unermesslich das Leid der Zurückgebliebenen gewesen sein muss. Ein Kind zu verlieren, gehört sicher zum Schlimmsten, was Eltern passieren kann.

In einem abgetrennten Bereich gibt es einen Waldfriedhof. Hier wird die Asche in von der Natur abbaubaren Urnen zu Füßen alter Eschen und Ahornbäume in den Boden gegeben, da, wo die Bäume wurzeln und ihre Nahrung beziehen. So tritt der Verstorbene wieder in den Zyklus des Lebens ein.

Mich hat diese Art der Bestattung sehr angesprochen, und ich habe mir vorgestellt, ich könnte so unter der alten Tanne hinter unserem Haus begraben sein, da, wo ich geboren wurde und wo ich gelebt habe, und Du kämst irgendwann später dazu. Ich fände das besser, als in Reih´ und Glied auf dem Friedhof zu liegen, an einem Ort, wo ich sonst nie war. Darüber müssen wir einmal reden, wenn es Zeit wird für uns.

Am Schluss waren wir noch auf dem Tierfriedhof, auf dem die Wiener ihre Haustiere begraben können. Wir haben Gräber von Hunden, Katzen, Hasen, Vögeln und Meerschweinchen gesehen. Wenn man die Inschriften liest, die Bilder der Tiere sieht und die Grabgaben, kann man sehen, dass auch diese Wesen sehr geliebt wurden, dass sie ihren Menschen viel bedeutet haben.

Den Friedhof der Namenlosen haben wir aus Zeitgründen nicht mehr besucht. Er liegt etwas abseits. Eine alte Wienerin, mit der wir ins Gespräch gekommen sind, hat uns davon erzählt, und mir ist bei ihrer Schilderung ganz elend geworden. Es gibt schon viel Einsamkeit in so einer großen Stadt.

Am Nachmittag hat uns ein Besuch im Prater wieder in die Welt der Lebenden zurückgebracht. Viel war nicht los, wohl weil es zu heiß war, aber der Alfred, unser Klassenprimus, wollte unbedingt mit der „Liliputbahn" fahren, und so sind wir Übrigen halt mit eingestiegen. Die Bahn ist eigentlich für Kinder gedacht. Sie fährt durch den Park bis zum Ernst-Happel-Stadion und wieder zurück. Ein Bub, der wegen uns auf die nächste Bahn warten musste, hat geweint, aber seine Mutter hat ihn getröstet.

„Pepi", hat sie gesagt, „die Gfraster sind schon so alt, dass die keine Zeit mehr zum Warten haben", und dann hat sie uns grimmig angeschaut.

Dem Pepi hat das den Schmerz nicht genommen. Der schrie weiter wie am Spieß.

Anschließend wollte ich unbedingt noch mit dem neuen Kettenkarussell, dem „Prater Turm", fahren. Das ist das weltweit höchste Kettenkarussell, bei dem man auf über hundert Meter Höhe über der Stadt seine Runden dreht. Als wir wieder gelandet waren, hatte der Horst ein schneeweißes Gesicht und Schweiß auf der Stirn. Bis zur U-Bahn hat er kein Wort mehr mit mir gesprochen.

Zum Essen sind wir abends einmal in die Innenstadt gefahren. Dabei sind wir dann am Stephansdom vorbeigekommen, bei dem es zugeht wie auf einem Jahrmarkt. Ich musste unweigerlich an die Geschichte von Jesus und die Vertreibung der Händler aus dem Tempel in Jerusalem denken. Die Kirche wird regelrecht besetzt von fotografierenden Menschenmassen, und es bleibt kein Raum für Gläubige, die einen Rückzug suchen.

Vor dem Dom stehen als Mozart verkleidete junge Männer, die einem Prospekte für irgendwelche Konzerte in die Hand drücken und natürlich Bettler aus aller Herren Länder. Um die Ecke warten die Fiaker auf ihre Gäste. Die Rösser haben am Hintern einen Sack montiert, in den die frischen Äpfel fallen. Der Geruch bleibt trotzdem erhalten.

In dem Viertel zwischen Stephansdom und Donau – die Wiener nennen es Bermudadreieck - liegen Esslokale, Bars und Kneipen, die für jeden Geschmack etwas anbieten. Viele Lokale werben mit „dem besten Wiener Schnitzel der Stadt". Ich bin mir sicher, dass nirgendwo auf der Welt so viele Kälber wie hier für ein Schnitzel ihr Leben lassen müssen, was den Standort für diese Tiere eher unattraktiv machen dürfte.

Die ausgeschenkten offenen Weine sind mir besser vorgekommen als die bei uns zuhause. Höchstwahrscheinlich lag das an der Nähe zu den umliegenden

Weinregionen oder einfach nur an unserer guten Stimmung.

Heute Nachmittag wollte der Karlheinz noch etwas Kultur in uns hineinfüllen und hat uns überredet, mit ihm die „Secession" zu besuchen. Das ist ein ausnehmend schönes Gebäude mit einem Lorbeerball aus vergoldeter Bronze als Kuppel, welches die Wiener respektlos „Krauthappel" nennen. Es liegt am Rande des Naschmarkts und dient als Ausstellungshaus für zeitgenössische Kunst.

Wie Du weißt, ist moderne Kunst für mich schon seit jeher ein Buch mit sieben Siegeln gewesen. Auch hier habe ich keinen Zugang gefunden. Am ehesten ging es noch im Keller, wo der Klimt seinerzeit das Beethovenfries an die Wand gemalt hat. Aber als ich die Installation im Erdgeschoss gesehen habe, hat es mir wieder abgestellt. Ich habe mir nur gedacht, wie gut es ist, dass die Stadt Wien diesen abtrünnigen Künstlern Ende des neunzehnten Jahrhunderts das Grundstück für den Bau geschenkt hat. So konnten und können sie das tun, was sie für richtig halten, sich hier begegnen, und sie gehen niemandem auf den Wecker. Nicht auszudenken, was diese Leute sonst alles angestellt hätten mit ihrer überbordenden Energie.

Mit meiner Meinung stand ich nicht allein. Mit Ausnahme vom Karlheinz waren alle froh, dass die Ausstellung um achtzehn Uhr zugesperrt hat. Dafür hat der uns dann beim Abendessen als „nicht kulturaf-

fin" bezeichnet, was wohl eine höfliche Umschreibung für Kulturbanausen sein sollte. Aber er hatte noch nicht alle Hoffnung aufgegeben und uns vorgeschlagen, am Freitag in das Kunsthistorische Museum zu gehen.

„Das werdet Ihr sicher mögen", hat er gesagt, „weil da ist für jeden von Euch etwas dabei."

Nachdem sich keiner getraut hat, die Idee nicht gut zu finden, galt der Plan als angenommen. Der Richard hat den Gedanken dann noch verlängert, indem er uns von der Ring Tram erzählt hat, die wir anschließend besteigen würden, und mit der wir alle Sehenswürdigkeiten entlang dieser Prachtstraße im Sitzen bestaunen könnten.

Ich bin schon ganz gespannt.

Liebe Annelies, ich muss jetzt schließen, weil das Briefpapier aus ist. Den Rest erzähle ich Dir, wenn ich wieder daheim bin. Das ist ja schon sehr bald.

Sei herzlich gegrüßt und gedrückt von

Deinem Jakob

PS: Über das Foto von uns Beiden und den Zettel habe ich mich sehr gefreut. Sie liegen direkt neben meinem Bett auf dem Nachtkasten.

Als Jakob am frühen Samstagabend mit dem Bus durch den Bregenzerwald Richtung Heimat fuhr, hing über der Niedere eine fette Wolke, mitten in einem tiefblauen Himmel. Die Straße war noch regennass von dem Guss, der kurz zuvor heruntergegangen war und glänzte und funkelte im Licht der untergehenden Sonne. In der Luft lag der Geruch von feuchter Erde und ein Hauch von Gülle, die die Bauern kurz vor dem Regen ausgebracht hatten.

In der Gegenrichtung war der Rückreiseverkehr der Tagestouristen in vollem Gange. Die meisten Autos hatten auswärtige Kennzeichen.

Vor der Kirche in Andelsbuch standen zwei Frauen in Tracht und versuchten, ein Kind zu beruhigen, das schreiend auf etwas zeigte, was Jakob nicht ausmachen konnte.

›Nur noch fünf Minuten‹, dachte er sich und war ganz aufgeregt, ›dann bin ich wieder daheim.‹

Den Strauß Blumen, den er in Bregenz am Bahnhof gekauft hatte, hielt er wie eine Jagdtrophäe in seiner linken Hand. Die eigentliche Überraschung aber sollte Jakobs Vorschlag sein, Wien im kommenden Frühjahr gemeinsam mit Annelies zu besuchen. Er wollte ihr unbedingt persönlich zeigen, was er gesehen und erlebt hatte.

Man konnte sich ja schließlich nicht das ganze Jahr in seinem Paradies verkriechen.

Eine Reise nach Brandenburg

Wenn man, so wie ich, als älterer Mann mit einer gut jüngeren Frau sein Leben teilt, unterscheidet sich dieses in manchen Aspekten von dem Zusammenleben mit einer Frau, die der gleichen Generation angehört. Einer dieser Aspekte ist die Tatsache, dass ihre Eltern meist noch leben. Das führt zu Besuchen an Orten, die man normalerweise nie vermisst hätte.

In meinem Fall liegt dieser Ort irgendwo in Brandenburg, einem dünn besiedelten Landstrich im Gebiet der ehemaligen DDR, achtzig Kilometer entfernt von Berlin.

An die 160 Seelen leben hier. Kein Berg weit und breit, das Land ist flach wie eine Flunder. Die Häuser und Höfe stehen beidseits der Durchgangsstraße oder scharen sich ringförmig um die Dorfkirche, einen pittoresken Backsteinbau aus der Mitte des neunzehnten Jahrhunderts.

Es sind vorwiegend ältere Menschen, die hier leben. Viele Junge zog es nach der Wende in die Stadt oder in den Westen, und in manchen Häusern leben nur noch ein oder zwei Bewohner. Vereinzelt ziehen aber auch Menschen zu und trotzen dem Trend. Das macht Hoffnung.

Dass sich meine Schwiegereltern nach der Pensionierung des Vaters vor mehr als fünfzehn Jahren entschlossen haben, ihre Stadtwohnung in Augsburg gegen einen Vierkanthof in ebendieser Gegend einzutauschen, war eine für mich schwer nachvollziehbare Entscheidung.

Doch wie so oft im Leben ging es auch hier nicht um die Ansichten Unbeteiligter, sondern um die Erfüllung eines lang gehegten Traums. Die Beiden wollten auf ihre alten Tage zurück in ein Umfeld, wie sie es aus ihrer Kindheit in Siebenbürgen kannten. Ein Leben in ländlicher Umgebung, mit eigener, kleiner Landwirtschaft, mit Tieren und einem Gefühl von Unabhängigkeit und Freiheit. Dass dieses Unterfangen mit Risiko verbunden war, war ihnen bewusst, aber es konnte sie dennoch nicht von ihrem Plan abhalten.

Dazu hatten sie schon zu viel erlebt. Die politischen Repressalien gegen die deutschstämmige Bevölkerung in Siebenbürgen, den Verlust der Heimat mit allem, was dazugehörte, den steinigen Neuanfang in Deutschland. Sicher war es ihrem Mut, ihrer Disziplin und ihrem Fleiß zu verdanken, dass sie es geschafft haben und heute, so wie ihre beiden Töchter, in Freiheit leben und für sich selber sorgen können.

Sie lebten schon immer in der festen Überzeugung, dass das Leben einem nur Aufgaben stelle, die man auch meistern könne, und sie glaubten fest daran, dass der Herrgott die Hand schon über sie halten würde. Hätten sie diese Jahre in einer kleinen Stadtwohnung verbracht, ohne eine Aufgabe, ohne Auslauf, wären sie vielleicht gar nicht mehr am Leben oder seelisch krank.

So erzählten sie es mir öfter, wenn ich wieder einmal damit haderte, dass sie sich freiwillig in dieses Nirgendwo verabschiedet und damit für uns jeden Besuch zu einer Weltreise gemacht haben.

Natürlich hätte man fliegen oder mit der Bahn fahren können, aber wie sollten dann alle Schätze ihrer Landwirtschaft zu uns nach Vorarlberg im fernen Österreich finden. Jedes Mal, wenn wir dort waren, fuhren wir schwer beladen mit Eiern, Honig, Marmelade, Gemüse, Obst und Schnaps nach Hause. Und wenn wir dann heil zurück waren, war auch ich, der alte Bedenkenträger, wieder mit der Welt im Reinen.

Der Grund für unsere letzte Fahrt in diese Gegend, im August 2016, war ein Benefizkonzert, das die Lukrierung von Barmitteln für die Restaurierung der vom Zahn der Zeit angenagten Dorfkirche zum Ziel hatte. Karin, meine bessere Hälfte und eine passionierte Geigerin, hatte sich auf Bitten ihres Vaters, der als Vorsitzender des Kirchenfördervereins agiert, bereiterklärt, das Konzert auszurichten. Juliane, eine junge, begnadete Organistin aus Rheinsberg, stand ihr dabei zur Seite.

Mir fiel die Rolle des Ritterlichen zu, der seine Frau in ihrem künstlerischen Tun unterstützt und die dargebotenen Töne auf einem Aufnahmegerät festhält.

„Für die, die nach uns kommen", hat sie gemeint.

Trotzdem ich diesem Event nicht mit überbordender Vorfreude entgegenblickte, glaube ich mich erinnern zu können, dass ich am Tag der Abreise in überraschend guter Verfassung und von meinem üblichen Widerstand, der sich jedem Verlassen der Heimat in den Weg stellt, nichts zu spüren oder gar zu hören war.

Ich sehe mich noch vor mir, wie ich gelassen alle Gerätschaften im Wagen verstaute: die Geige samt Notenständer, mein Foto- und Tonaufnahmeequipment sowie unser Reisegepäck. Letzteres hatte Karin, wie immer, so bemessen, dass wir im Notfall auch sechs Monate in einer Wüste hätten überleben können. Sogar unsere Schuhe habe ich geputzt.

Wenige Stunden nach unserer Abfahrt verflüchtigte sich meine gute Laune allmählich und wich einem Frust, der mich gelegentlich bei längeren Autofahrten überkommt und mich für kurze Zeit in einen anderen Menschen verwandelt. Diesmal war es zum einen die schiere Länge der Strecke, die ich lauthals beklagte, zum anderen die nicht enden wollende Zahl an Baustellen, die ein zügiges Fortkommen unmöglich machte.

Als Karin sich meinen Vortrag in Großbuchstaben nicht mehr länger anhören wollte, nutzte sie die kurze Pause auf einer Raststätte, um mich beherzt auf den Beifahrersitz zu bugsieren. Sie duldete keine Widerrede und blickte mich finster an. Als der Klügere von uns Beiden gab ich ihrem Druck nach.

Ich nutzte die freie Zeit als Copilot für eine Analyse der Situation. Beleidigt beschloss ich, meinen Kampf gegen die Umstände ohne Ton, also quasi im Geiste, zu führen.

Karin erkundigte sich nicht ein einziges Mal nach dem Stand der Kriegshandlungen und fuhr einfach schweigend die Straße lang. Sie machte das wunderbar.

Als wir auf Höhe von Berlin waren, verwandelte ich mich wieder in den angenehmen, freundlichen Zeitgenossen, als den man mich landläufig kennt und ließ die Wolken in meinem Kopf ziehen. Behutsam arbeitete ich daran, die Konversation erneut in Gang zu bringen, was mir schließlich gelang.

Kurz vor acht Uhr abends, zehn Stunden nach unserer Abfahrt, schlugen wir geschafft, aber heil, an unserem Bestimmungsort auf.

Mir blieb etwas Zeit, um mich zu akklimatisieren,

denn es dauerte ein wenig, bis Karins Eltern unsere Ankunft bemerkten. Beide waren beschäftigt. Die Mutter fegte gerade den Treppenaufgang zum Haus, der Vater kümmerte sich in dem offenstehenden Geräteschuppen um so etwas wie Ordnung. Erst als wir den Wagen auf dem Hof geparkt hatten und die Türen ins Schloss fielen, wurden sie unser gewahr. Der Geruch von geschnittenem Gras lag in der Luft.

›Sie sind irgendwie kleiner, schmächtiger geworden‹, dachte ich mir.

Kein Wunder, denn es war schon länger her, dass ich das letzte Mal zu Besuch war.

Der Vater wirkte hagerer als ich ihn in Erinnerung hatte. Er hatte kaum noch Fett am Leib, aber für seine siebenundsiebzig Jahre war er immer noch ein stattlicher Mann.

Die Mutter schien mir, in ihrer Haushaltsschürze und mit dem Besen bewaffnet, gebeugter als früher, so als ob ihr Körper nach der getanen Arbeit noch Zeit bräuchte, um sich wieder aufzurichten. Im Kontrast dazu stand ihr immer noch junges Gesicht, das von dunklen, zu einem Dutt gebundenen Haaren umrahmt wurde. Sie hatten vergessen, grau zu werden. Ein Gen, das auch Karin im Blut hat.

Wie immer war der Empfang sehr herzlich. Sie freuten sich sichtlich, ihre Tochter nach so langer Zeit wieder einmal in die Arme schließen zu können, und die Begrüßungsworte ertranken in Tränen. Ich war diesen offenen Umgang mit Gefühlen aus meinem früheren Leben nicht gewohnt und reagierte, wie meist in solchen Momenten, mit eher hölzernen Bewegungen. Aber sie nahmen mein Bemühen für die Tat.

Während Karin und ihre Mutter sich unterhakten und wie zwei alte Freundinnen, lebhaft parlierend, Richtung Küche gingen, verschwand der Vater im Bad, um sich frisch zu machen und „sich dem Anlass entsprechend einzukleiden", wie er sagte.

Ich vertrat mir auf dem Gelände noch etwas die Beine.

Das Wohnhaus und die Stallungen standen im warmen Abendlicht. Sie wirkten wie ein Schutzwall um den geräumigen Innenhof, in dessen Mitte ein rechteckiger Teich Fröschen und Insekten reichen Lebensraum bot.

Die Seerosen hatten ihre Blüten schon geschlossen und machten sich fertig für die Nacht. Auf der Wiese neben dem Teich drehte eine Glucke mit ihren Küken eine letzte Runde. Die Bienen hingen in dicken Trauben vor ihren Einfluglöchern und genossen die kühler werdende Abendluft. Im Zwinger des Nachbarhofes schlug der altersschwache Hund an. Am Horizont drehten sich Windräder. Drei Störche stolzierten über die Felder.

Im Gewächshaus hingen riesige Tomaten an den Sträuchern, und die Zucchini waren mächtig wie die

Oberarme eines Ringers. Die Himbeeren und Erdbeeren schmeckten so wie die aus meiner Kindheit, und ein riesiges Blumenmeer stand farbenfroh in der Abendsonne. Sie hatten es eigens für die Bienen angelegt.

Die Obstbäume auf der Wiese im hinteren Teil des Grundstücks, ächzten unter ihrer Last. Es gab Birnen, Äpfel und Pflaumen. Letztere waren süß und saftig, gerade richtig, um sie direkt vom Baum zu essen. Die meisten Früchte würden schon bald als Rohstoff für die feinen Schnäpse dienen, die der Vater alljährlich mit großer Hingabe und nach einem ausgeklügelten System für den Eigenbedarf brannte. Das Kontingent, das uns zugestanden wurde, war von Karin schon längst verplant für das Ansetzen von Schwedenbitter und anderen Tinkturen, mit denen sie uns, die Familie und unsere Freunde, immer wieder heil über die kalte Zeit brachte.

Auf dem Rückweg zum Wohnhaus entdeckte ich dann noch den Wein. Letztes Mal, als ich hier war, waren es ein paar vereinzelte Pflänzchen, die die Eltern vom Schwager bekommen hatten. Jetzt standen da an der Wand auf zehn Metern Länge übermannshohe Reben, die voll waren mit großen, aber grünen Trauben. Sie brauchten noch ihre Zeit.

Langsam machten sich die Strapazen der Fahrt bemerkbar, und die Müdigkeit kroch in mir hoch. Nachdem wir etwas zu Abend gegessen hatten, machten wir uns auf den Weg ins Hotel.

Nach den siebzehn Jahren, die wir uns nun kannten, musste ich keine langatmigen Erklärungen mehr abgeben, warum ich nicht bei den Eltern im Haus übernachtete, wo mehr als genug Platz für alle gewesen wäre. Ich schlief außerhalb nie woanders als in einem Hotel. Es bedeutete für mich Unabhängigkeit und Fluchtmöglichkeit. Eine der zahlreichen Marotten, die mit mir kamen.

Morgen würden wir mehr Zeit haben.

Der Samstag begann mit einem reichhaltigen Frühstück. Karin brauchte Zeit, um sich einzuspielen, und nach dem Mittagessen stand die erste Probe auf dem Programm. Ich nutzte die Zeit für ein paar Aufnahmen der Umgebung, überprüfte die Lichtverhältnisse in der Kirche und suchte den idealen Standort für das Mikrofon. Nichts sollte dem Zufall überlassen bleiben.

Karin und ihre Mutter hatten sich für den Nachmittag vorgenommen, das Geheimnis des Krapfenbackens von einer Generation auf die nächste übergehen zu lassen. Es geschah auf meinen ausdrücklichen Wunsch. Undenkbar, dass sich die Mutter irgendwann in eine bessere Welt verabschieden und dieses Wissen ungeteilt mit in die ewige Seligkeit nehmen würde.

Am Abend stießen dann die familiären Abordnungen aus Berlin und Augsburg dazu. Beatrice, Karins Cousine, kam mit Frank, ihrem Mann, und ihren zwei kleinen Kindern aus Berlin. Dietmar, der Cousin, und Selina, seine siebenjährige Tochter, kamen aus Augsburg. Mit ihnen im Schlepptau kam Dagi, Dietmars Schwester, die im wahren Leben eigentlich in München wohnt. Das Dreiergespann nutzte das Kirchenkonzert für einen Zwischenstopp auf dem Weg an die Ostsee.

Niki, der einjährige Bub von Beatrice und Frank, und seine dreijährige Schwester Gwendolin bildeten sofort den Mittelpunkt der Gesellschaft. Für die beiden Blondschöpfe war das Gelände ihres Großonkels nicht neu.

Während der Kleine gleichzeitig mit der eigenen Schwerkraft, seinem mächtigen Windelpaket und dem Fluchtverhalten der Küken kämpfte, fischte seine Schwester mit einer eigens von ihrem Vater angefertigten Angel einen großen Fantasiefisch nach dem anderen aus dem zentral gelegenen Teich. Selina, die über diesen Kindereien schwebende Schöne, testete währenddessen an uns ihre Wirkung in diversen Verkleidungen und fühlte sich verantwortlich dafür, dass die Kleinen auf dem riesigen Hof nicht verloren gingen.

Wir erwachsenen Besucher brachten uns auf den neuesten Stand, was unser Leben anbelangte und was uns gerade bewegte.

Alle Beziehungsformen waren vertreten: Verheiratete mit und ohne Kinder, Geschiedene, Wiederverheiratete und ein „gschlampertes Verhältnis". Interessant fand ich, dass Beatrice, die einstige Rebellin, zur klassischsten aller Formen gefunden hatte: Rechtmäßig verheiratet, zwei Kinder, ein Bub, ein Mädchen.

Sie wünschte sich nur – nach zwei Kindern etwas mollig geworden – endlich ihren Körper zurück. Sie, die noch bis vor wenigen Jahren mit ihrer Gitarre durch die ganze Welt getingelt war, ging völlig in ihrer Mutterrolle auf. So, als ob sie sich nie etwas anderes gewünscht hätte.

Frank, das männliche Geheimnis ihrer Verwandlung, war neu für mich. Er war ein groß gewachsener, schlanker Mann mit gelockten, braunen Haaren und einer Stimme, die John Wayne zur Ehre gereicht hätte. Geduldig beantwortete der studierte Kommunikationswissenschaftler meine Fragen nach seinem Job, seiner Familie und nach allem, was ihn so umtreibt.

Dagi, die quirlige Jungunternehmerin, bestätigte den unveränderten Status ihrer unendlichen Beziehung mit ein und demselben Mann und berichtete von ihrem Hobby als Schrauberin. In ihrer Freizeit zerlegt sie nämlich alte Autos und setzt sie anschließend so zusammen, dass sie – wie durch ein Wunder - auch wieder fahren. Sie war kaum älter geworden seitdem ich sie das letzte Mal gesehen hatte. Ihre strahlend blauen Augen dominierten noch immer ihr Gesicht, und die Art, wie sie sprach, ließ erahnen, dass sie sich als Frau mit ihrem kleinen Transportunternehmen jeden Tag aufs Neue in einer rauen Männerwelt behaupten muss. Die straff nach hinten gekämmten Haare ließen sie strenger wirken. Ihr gutes Herz trug sie nach innen.

Dietmar, Karins Cousin, schien sein Leben als geschiedenem Mann gut zu bekommen. Obwohl er Details seines Liebeslebens, auch auf verstärktes Nachfragen meinerseits, nicht preisgab, konnte man seiner Mimik entnehmen, dass er nicht unter Einsamkeit litt. Kein Wunder. Er war ein attraktiver Enddreißiger mit einem anständigen Beruf und damit für die holde Weiblichkeit ein begehrtes Jagdobjekt. Dass der passionierte Fußballer auch als Trainer einer Fußball-Jungdamen-Mannschaft aktiv ist, habe ich erst später erfahren. Schade, denn ich hätte dazu ein paar Fragen gehabt.

Karin erzählte von ihren Konzerten, ihrer Arbeit als Stimmführerin, ihrem Leben im fernen Österreich, und ich berichtete stolz von meinem neuen Buch, das einen Monat zuvor erschienen war.

Dann begannen Karins Eltern mit den Vorbereitungen für das gemeinsame Abendessen. Während die Mutter diverse Salate und das Fleisch vorbereitete, kümmerte sich der Vater um die Reinigung des Grills. Frank und Dietmar bauten ihre Zelte im Hof auf, ein Vorgang, der den Kindern eindeutig zu langsam vonstatten ging. Sie konnten es gar nicht erwarten, ihre abenteuerliche Behausung in Beschlag zu nehmen.

Die Pergola, eine vom Vater eigenhändig errichtete Holzkonstruktion mit Ziegeldach und seitlichem Windschutz, bot ausreichend Platz für alle Gäste. Zwei lange Tische in der Mitte addierten sich zu einer Tafel. Als Sitzgelegenheiten dienten zwei betagte Hollywoodschaukeln und mehrere Stühle, von denen jeder eine andere Stilepoche repräsentierte.

Nachdem die Frauen den Tisch gedeckt hatten, verkündeten Frank und Karins Vater feierlich den Beginn der Grillzeremonie. Schweinerippe, rohe Bratwurst und „Mici", eine Art Cevapcici, standen auf dem Speiseplan.

Dagi kümmerte sich um die Getränke und bot eine Auswahl unterschiedlicher Biere an. Gerade als der Geruch des gegrillten Fleisches dessen baldige Vollendung erahnen ließ, erschien die Mutter mit diversen Salaten und Saucen. Unverzüglich versammelte sich die hungrige Meute an der Futterstelle.

„Piep, piep, piep, alle haben sich lieb. Piep, piep, piep, guten Appetit."

Dieses kindgerechte, konfessionsoffene „Tischgebet", bei dem sich alle an den Händen fassen, war die letzte Hürde, die es zu nehmen galt, bevor man über das Essen herfallen konnte. Es war ein fürstliches Mahl, das alle sehr genossen. Zum krönenden Abschluss gab es die selbst gebackenen Krapfen und eine Auswahl der väterlichen Branntweine.

Dann erinnerte das erste zarte Gequängel der Kinder, dass es Zeit zum ins Bett gehen war. Karin und ich machten uns wieder als erste aus dem Staub.

Der Sonntag war ja ein großer Tag. Die Künstlerin brauchte ihren Schlaf.

Der eigentliche Festtag sollte der heißeste Tag der Woche werden. Dreiunddreißig Grad waren angesagt. Von Wind keine Spur.

Während Karin im Wohnzimmer noch einmal Hand anlegte an die Geige, bügelte Beatrice daneben ihr Kleid auf. Selina hatte sich still in die Ecke gesetzt und lauschte andächtig den Tönen, die Karin der Geige entlockte. Ich verbrachte den Vormittag mit den anderen Besuchern im Garten.

Fasziniert sah ich den Kindern zu. Ihre offene Neugier allem und jedem gegenüber, ihre Freude am Entdecken, und ihre absolute Arglosigkeit beeindruckten mich.

In meiner Erinnerung stiegen Bilder meiner eigenen Kinder auf, Bilder, als sie in diesem Alter waren. Habe ich ihnen damals die gleiche Aufmerksamkeit geschenkt, dem Moment die gleiche Bedeutung beigemessen? Vermutlich nicht. Dazu war ich zu sehr in meiner Geschäftswelt verhaftet, zu oft auf Reisen, mit meinen Gedanken woanders. Anders programmiert. Ich habe etwas für selbstverständlich angenommen, was in Wahrheit ein großes Glück bedeutete. Es war ein Leben mit anderen Vorzeichen.

›Gut, dass sie ihren Weg gefunden haben und ihr Leben meistern‹, ging es mir durch den Kopf, und ich empfand Dankbarkeit.

Niki brachte mich wieder zurück in die Gegenwart. Ungeduldig zog er an meinem Hosenbein und jammerte mich an. Ich hatte keine Ahnung, was er von mir wollte, bis mir meine Nase zu Hilfe kam. Sie registrierte den würzigen Duft einer prallvollen Windel.

Mit weit von mir gestreckten Armen schaffte ich das Kind zu seiner Mutter.

Nach einem improvisierten Mittagessen gingen Karin und ich in die Kirche. Sie wollte, gemeinsam mit der Organistin, ein letztes Mal die Stücke anspielen, und ich installierte derweil die Tontechnik. Dann trudelten die ersten Gäste ein.

Die Kirche füllte sich bis auf den letzten Platz.

Unter dem Oberbegriff „Die Leichtigkeit des Klangs" standen vierzehn Werke auf dem Programm. Darunter Kompositionen von Händel, Bach, Schubert, Brahms, Lüdecke und Schrammel. Es war eher leichte Kost. Von besinnlich bis unterhaltsam war alles dabei.

Das Konzert war ein voller Erfolg. Standing Ovations veranlassten die beiden Künstlerinnen zu einer Zugabe. Nachdem diese verklungen war, bildeten sich die ersten Schlangen an der Kuchentheke.

Draußen, im Freien, waren Tische und Bänke aufgestellt, wo man bei reger Unterhaltung verzehren konnte, was man ergattert hatte. Die Kinder machten es sich auf dem Rasen bequem und genossen das Ereignis auf ihre Weise.

Die beiden Musikerinnen wurden allenthalben gelobt und viele Besucher ließen es sich nicht nehmen, ihre Begeisterung persönlich auszudrücken. Unübersehbar der Stolz von Karins Eltern, die die Elogen der Besucher gerne über sich ergehen ließen.

Der Ausklang des Festes fand dann wieder im familiären Rahmen auf dem Hof statt. Für uns Gäste wurde es Zeit zum Packen. Frank baute sein Zelt ab. Dietmar verstaute sein Gepäck im Wagen, und wir luden Unmengen von Vorräten in unseren Kofferraum.

Irgendwann, als es schon dunkel wurde, noch einmal Drücken, Bedanken, Weinen. Dann machten wir uns auf den Weg ins Hotel. Frank und Dietmar brachen mit ihren Schutzbefohlenen auf nach Berlin.

Der 29. August 2016, der Tag unserer Rückreise, war ein gnädiger Tag. Die Temperaturen sanken erstmals seit Tagen, und in der Nacht hatte ein kräftiger Regen den Staub aus der stickigen Luft gewaschen. Ein tiefblauer, mit knuddeligen Wolken getupfter Himmel spannte sich in hohem Bogen über der unendlichen Weite des Brandenburger Landes. Es war, als führen wir durch ein Gemälde.

Die achthundert Kilometer wirkten diesmal weniger furchterregend als bei der Anreise, und der Verkehr hielt sich in Grenzen. Melodien aus Karins Konzert klangen in mir nach. Das Ständchen „Leise flehen meine Lieder" aus Franz Schuberts „Schwanengesang" ging mir nicht aus dem Kopf.

Irgendetwas ist mit mir passiert auf dieser Reise. Ich wurde vom Leben berührt. Ich stand nicht nur hinter einer Glasscheibe und habe zugesehen. Ich habe Gefühle zu- und Menschen an mich herangelassen. Ich habe den Reichtum einer Welt erlebt, die nicht viel Materielles und doch alles hat. Kinder, für die das Leben voller Abenteuer, Entdeckungen und Wunder ist, Liebe und Aufmerksamkeit, die sie ständig umgibt, Alte und Ältere, die Zeit und Muße haben, und für die es nichts Wichtigeres gibt als das Zusammensein mit der Familie, in genau diesem Moment. Ganz selbstverständlich hat jeder das getan, was zu tun war, um an Essen zu kommen, wieder abzuräumen, anderen bei irgendeiner Aufgabe zu helfen.

Und all das, obwohl wir in dieser Formation noch nie zusammen waren. Die Tatsache, dass wir alle in irgendeiner Form verwandt oder verbandelt waren, hat genügt. Keiner spielte eine Rolle, keiner war mehr oder weniger wichtig, jeder war nur er selber. Kindheitserinnerungen kamen in mir hoch, weil damals das Gefühl wohl genauso war.

Nachträglich empfand ich eine große Dankbarkeit, dass ich dabei sein durfte, und irgendwie schämte ich mich für die Ressentiments, die im Vorfeld dieser Besuche gelegentlich in mir hochstiegen. Ganz offensichtlich ist in mir eine latente Angst präsent, mit Lebensformen in Berührung zu kommen, die mir fremd sind und die ich nicht kontrollieren kann.

Natürlich hingen wir den Gedanken nach, was einmal sein würde, wenn die Eltern nicht mehr so können, wenn sie zu schwach werden für die täglichen Anforderungen, wenn einer allein bleibt. Und dann griff wieder Karins unerschütterlicher Glaube an das Leben. Dass alles so kommen würde, wie es kommen muss. Dass das Leben einem nur Aufgaben stellen würde, die man auch bewältigen kann, und dass sich schon eine Lösung auftun würde, wenn man einmal kleinmütig sei und glaubte, es ginge nicht mehr.

„Sich im Vorfeld zu ängstigen, macht keinen Sinn und nimmt einem nur den Mut zu leben", sagte sie, und ich stimmte ihr wortlos zu.

Trotzdem hielt die innere Schwere noch an, und wir ließen sie gewähren.

Gegen neunzehn Uhr parkten wir den Wagen in der Tiefgarage.

„Wie viel hätten wir versäumt", sagte ich zu Karin, „hätten wir diese Reise nicht angetreten?"

„Wie recht Du hast", meinte sie und lächelte.

Projekt Liebe 2.0

An diesem Samstagmorgen im Mai 2017 goss es in München wie aus Kübeln. Die wenigen Fußgänger, die in Haidhausen schon auf den Beinen waren, bewegten sich missmutig und wie ungelenke Tänzer, da sie gleichzeitig den Pfützen auf dem Gehsteig und den Wasserfontänen der vorbeifahrenden Autos ausweichen mussten. Die vereinzelt hörbaren Flüche und Beschimpfungen kamen von Herzen.

Als Mia Punkt neun Uhr bei ihrem Großvater in der Steinstraße klingelte, machte ihr niemand auf. Auf Zehenspitzen stehend überprüfte sie erneut das Namensschild auf dem polierten, goldfarbenen Klingelbrett und unternahm einen weiteren Versuch; aber es rührte sich wieder nichts. Mit einem Blick nach oben stellte sie fest, dass die Fensterläden seiner Wohnung im ersten Stock noch geschlossen waren. Ein ungewöhnlicher Anblick.

Nach kurzem Zögern verstaute die Kleine enttäuscht die durchnässte Tüte mit den Butterbrezen und den Croissants unter ihrem pinkfarbenen Regencape und machte sich mit eingezogenem Kopf wieder auf den Weg nach Hause. Sie wohnte mit ihrer Mutter nur zwei Häuser entfernt, in Richtung Wiener Platz.

Es war das erste Mal, dass der Opa ihr gemeinsames samstägliches Frühstück vergessen oder womöglich verschlafen hatte. Seit dem Tod der Oma vor genau einem Jahr war das ein fester Termin, der beiden viel bedeutete und den sie regelmäßig bis zum Mittagessen ausdehnten. Sie besprachen dann alle wichtigen Ereignisse der Woche, lasen oder spielten gemeinsam, oder sie gingen spazieren.

Mia wollte ihn von zuhause aus anrufen.

Franz Anwander hatte die Türklingel wohl gehört, aber er hatte nicht die Kraft, darauf zu reagieren. Er stand im Bad und stützte sich mit beiden Händen schwer auf den Rand des Waschbeckens. Ein alter, grauer Mann starrte ihn aus dem Spiegel an.

Seine Augen, von denen Frieda einmal gesagt hatte, sie seien so blau wie ein Bergsee, waren trüb, und über den eingefallenen Wangen spannte sich eine dünne, welke Haut. Ein seit Tagen sprießender Bart streckte seine weißen Stacheln unkontrolliert in die Luft und ließ ihn ungepflegt und vernachlässigt wirken.

Franz hatte nicht einmal mehr die Energie, sich für die Nacht einen Schlafanzug anzuziehen. Er stand da in einem viel zu weiten Unterhemd, das er noch vom Vortag anhatte, und seine bleichen Oberarme sahen aus wie die dürren Äste eines kahlen Baumes. Er roch nach kaltem Schweiß.

Mit zittriger Hand wusch er sich die Schlafreste aus den Augen und versuchte, wieder irgendwie in seine Mitte zu kommen. Die Angstattacken der vergangenen Nacht waren heftiger als üblich, und das bleierne, dumpfe Dröhnen in seinem Schädel wollte sich ebenso wenig in Luft auflösen wie der Druck in seiner Brust.

„Immer noch besser, die Kleine vergebens klingeln zu lassen, als ihr in diesem Zustand gegenüberzutreten", versuchte Franz sein Verhalten zu rechtfertigen. „Ich werde sie anrufen, sobald ich wieder auf den Beinen bin."

Erschöpft ließ er sich auf den Toilettensitz fallen und nahm seinen Kopf in beide Hände. „So kann es nicht weitergehen," sagte er zu sich. "Ich muss einen Ausweg aus diesem Schmerz finden. Sonst gehe ich endgültig vor die Hunde."

Mit letzter Kraft raffte er sich auf, rasierte und duschte sich und griff nach einem Satz frischer Unterwäsche. Er nahm den hellbeigen Leinenanzug aus dem Schrank und zog sich ein weißes, kurzärmeliges Hemd über. Dann kämmte er seine schütteren Haare akkurat nach hinten und prüfte seinen Anblick im großen Spiegel im Flur.

Er sah noch immer einen alten, grauen Mann, aber jetzt erinnerte er ihn wenigsten an den, dem er früher in diesem Spiegel begegnet war. Nur die Müdigkeit in seinen Augen und die innere Leere wollten nicht verschwinden.

Franz löste ein Aspirin im Zahnputzbecher auf und trank es in einem Zug aus.

›Wenn mich Frieda so sehen könnte‹, dachte er, ›würde sie sich nie verzeihen, mich allein in diesem Leben zurückgelassen zu haben.‹

Er troff vor Selbstmitleid.

Sie war jetzt gerade mal ein Jahr tot, aber er kam einfach nicht darüber hinweg.

Für Franz hatte es nie eine andere Frau gegeben. Frieda entsprach all seinen Idealvorstellungen. Sie war eine kleine, leicht mollige, dunkelhaarige Frau mit auffallend schönen Beinen und schlanken, langgliedrigen Händen. Ihr Mund hatte eine Sinnlichkeit, die ihn auch noch im Alter betören konnte, und ihre braunen Augen waren ein Spiegel ihrer Seele, der er sich von Anfang an verwandt fühlte.

Sie hatten sich vor vielen Jahren, als Franz noch ein junger Student war, im Krankenhaus rechts der Isar kennengelernt. Er kam spät abends mit einem eingeklemmten Rückennerv in die Notaufnahme und sie, die Krankenschwester, hatte Nachtdienst. Ihr Angebot, ihn nach ihrem Feierabend nach Hause zu fahren, nahm er gerne an, und, was als Gefälligkeit aus Mitleid begann, wuchs sich schon bald zu einer tiefen und leidenschaftlichen Beziehung aus.

Obwohl Franz gleich alt war wie Frieda, sah sie zu ihm auf. Er, der Sohn eines oberbayerischen Grundschullehrers und der Tochter eines Wiener Zuckerbäckers, studierte in München Germanistik und Philosophie und strebte das Lehramt an. Zum Zeitpunkt ihres Kennenlernens war er noch zwei Jahre vom Abschluss entfernt.

Susanne, ihr erstes und einziges Kind, wollte nicht so lange warten und kündigte seine Ankunft zu einem Zeitpunkt an, als die Beiden noch ledig waren und nicht an Kinder dachten. Und so kam es, dass sie kurzerhand beschlossen zu heiraten. Mit sechsundzwanzig Jahren.

Als Susanne aus dem Gröbsten heraus und Franz als Professor an einem Münchener Gymnasium angestellt war, ging Frieda auf Teilzeitbasis zurück in ihren alten Dienst.

Franz unterrichtete Deutsch, Geschichte und Griechisch. Diese Fächer wählte er aus der Überzeugung heraus, dass Geschichtsbewusstsein und die Kenntnis der Ursprünge der europäischen Kultur wesentliche Eckpfeiler der Bildung und damit der Lebensqualität eines kultivierten Menschen seien.

Die Leidenschaft, mit der er seinen Beruf ausübte, übertrug sich auf seine Schüler und brachte ihm die Achtung seiner Kollegen ein.

Am 17. Mai 2016 sollte sich Franz´ Leben schlagartig verändern. Frieda lag gegen sieben Uhr morgens noch im Bett und machte keine Anstalten aufzustehen. Franz wunderte sich zwar, aber ging dann als Erster ins Bad, um sich fertig zu machen. Als er wieder ins Schlafzimmer kam, lag Frieda immer noch da wie zuvor.

Er setzte sich neben sie auf die Bettkante und strich zärtlich mit der Hand durch ihr Haar. Erst jetzt fühlte er, dass ihre Stirn eiskalt war und sie nicht auf ihn reagierte. Vorsichtig legte er seinen Kopf auf ihre Brust und spürte, dass sie nicht mehr atmete.

Frau Stadler, die Nachbarin, hörte einen Urschrei wie von einem verwundeten Tier und lief erschrocken ins Treppenhaus. Vor ihr stand Franz in aufgewühltem Zustand und brüllte sie an:

„Meine Frau ist tot. Meine Frau ist tot. Rufen Sie den Notarzt, bitte!"

Dann fiel er ihr bewusstlos vor die Füße.

Als der Rettungswagen zehn Minuten später eintraf, konnte der Arzt nur noch Friedas Tod feststellen. Die Diagnose lautete auf Herzstillstand. Franz wurde von den Rettungskräften wieder auf die Beine gestellt.

Als er am Tag darauf bei Frau Stadler klingelte, um sich für ihre Hilfe zu bedanken, stand vor dieser ein um Jahre gealterter Mann. Der sonst so eloquente, charmante Nachbar redete in unzusammenhängenden Sätzen und brach immer wieder in Tränen aus.

Nachdem er glaubte, seinen Text angebracht zu haben, verabschiedete er sich wortlos mit einem Nicken und ging zurück in seine Wohnung.

Die Beerdigung fand zwei Tage später auf dem alten Haidhauser Friedhof statt. Auf den Bäumen, die schützend über den Gräbern standen, lag die Sonne, die von einem strahlend blauen Himmel schien.

Gleich hinter dem Sarg, den die Friedhofsdiener auf einem schwarzen Karren Richtung Grabstätte schoben, gingen Franz und Mia, die nicht von seiner Seite wich. Sie versuchte, ihre Tränen zu unterdrücken und hielt andauernd Blickkontakt mit ihrem Opa. Am wechselnden Druck seiner Hand konnte sie ablesen, was gerade in ihm vorging. Sie trug ein leichtes, schwarzes Kleidchen und in ihren Haaren eine Margerite, die Lieblingsblume ihrer Oma.

Hinter den beiden liefen Susanne, Franz´ Tochter und seine Mutter, und gleich dahinter Schüler von ihm, die für diesen Anlass vom Unterricht befreit waren und seiner Frau und ihm die Ehre erwiesen. Die übrigen Trauergäste waren Nachbarn und Freunde aus der Stadt.

Am Eingang von der Kirchstraße her fütterte ein alter Mann ein zahmes Eichhörnchen mit Nüssen. Auf den Wegen zwischen den Gräbern suchten drei Raben nach Essbarem.

Frieda wurde in einem Erdgrab in dritter Reihe zur Ruhe gebettet. Sie und ihre Besucher sollten sich später möglichst ungestört begegnen können. Als der Sarg hinuntergelassen wurde, malte die Sonne gleißende Muster auf das glatt polierte Holz.

Mia schien sich an diesem Tag entschlossen zu haben, die Aufsicht über ihren Großvater zu übernehmen. Ihr war nicht verborgen geblieben, wie sehr ihn dieser plötzliche und unerwartete Verlust getroffen hatte, und sie wollte für ihn da sein, wenn er sie brauchte.

Und so kam es denn zu dieser Vereinbarung, dass sie sich jeden Samstag zum gemeinsamen Frühstück treffen und sich alles sagen würden, was sie bewegte.

Als Franz Anwander endlich die Kraft fand, seine Enkelin anzurufen, war es schon fast elf Uhr an jenem Samstag, von dem hier die Rede ist. Der Regen hatte aufgehört, und am Himmel zeigten sich die ersten blauen Flecken.

Franz entschuldigte sich bei der Kleinen dafür, dass er in der Früh auf ihr Klingeln nicht reagiert hatte, und sie beschlossen, in den Biergarten am Wiener Platz zu gehen, um etwas zu essen und danach noch einen gemeinsamen Spaziergang an der Isar zu unternehmen. Mia war froh, dass ihrem Opa nichts passiert war.

Als sie so dasaßen, Franz mit einem halben Hendl vom Grill und Mia vor ihrer roten Currywurst mit Pommes, kam die Welt für ihn langsam wieder in

Ordnung.

„Weißt Du", sagte Franz, „manchmal geht mir die Oma so ab, dass ich gar nicht weiterleben möchte. Aber dann denke ich an Dich, und die dunklen Gedanken gehen einfach davon."

Mia schaute ihn nur an und ließ ihn reden. Das hatte sie von ihrer Mutter gelernt. Die sagte immer, dass die Leute, wenn ihnen schwer ums Herz ist, nur jemand brauchen, der ihnen zuhört und sie so wissen lässt, dass sie nicht allein sind mit dem was sie plagt.

„Als die Oma noch lebte", fuhr Franz fort, „haben wir nur selten über den Tod geredet. Wir fühlten uns noch so jung, und wir glaubten, wir hätten endlos viel Zeit. Wir haben davon geträumt, nach meiner Rente die Hälfte des Jahres in Griechenland zu verbringen, und Du wärst uns während der Ferien besuchen gekommen."

Sein Redefluss kam kurz ins Stocken, und er wischte sich verstohlen eine Träne aus dem Auge.

„Erst jetzt, seit sie tot ist, begreife ich, um wieviel mehr wir unsere gemeinsame Zeit hätten nutzen müssen, und wie wenig Bedeutung unsere kleinen Sorgen und Ängste hatten. Und dann war auf einmal alles vorbei."

Franz seufzte.

„Aber Opa, es ist doch gar nicht vorbei", sagte Mia und legte Franz die Hand auf den Arm. „Die Oma ist nur an einem anderen Ort, hat die Mama gesagt, und von dort schaut sie uns jetzt zu. Wenn die sieht, dass wir herumjammern, anstelle an sie zu denken und uns zu freuen, dass wir uns haben, wird sie das sicher nicht mögen."

Franz schaute das Mädchen an und verstand, dass es ihm gerade eine Lektion erteilt hatte. Noch ehe er sich äußern konnte, schaute Mia ihm fest in die Augen und fuhr fort:

„Du brauchst wieder eine Frau, Opa. Eine, die Dich so mag, wie die Oma Dich mochte und die für Dich sorgt. Schau Dich doch einmal an, wie Du aussiehst. Du bist ganz dünn geworden, und Du gehst noch gebückter als sonst. Und ich sehe Dich kaum noch lachen. Ich bin sicher, dass die Oma das auch wollen würde."

„Mia, wie kannst Du so etwas sagen?", fuhr Franz sie an. „Die Oma ist gerade mal ein Jahr tot und ich soll schon eine neue Frau suchen? Ich wüsste gar nicht, wie man das macht. Und überhaupt …"

Mia unterbrach ihn mitten in seiner Rede.

„Die Mama kann Dir sicher dabei helfen. Die sucht ihre Freunde meistens im Internet, und manchmal ist einer dabei, der gar nicht so übel ist. Das könntest Du genauso machen."

Franz stand auf, ohne weiter auf das Gesagte einzugehen und brachte die Glaskrüge zur Pfandstelle zurück. Als er wiederkam, nahm er das Mädchen entschlossen bei der Hand, und sie verließen den

Biergarten durch den Hintereingang Richtung Isarhochufer.

Mia ergriff als Erste wieder das Wort.

„Rede doch einmal mit der Uroma und frage sie nach ihrer Meinung. Sie ist auch eine Frau, und sie ist Deine Mutter."

Franz wurde das Thema unangenehm, und er bat Mia, nicht weiter in ihn zu dringen.

„Ich werde mit der Uroma reden", versprach er nach einer kurzen Pause. „Aber jetzt gehen wir an die Isar und schauen den ersten Verrückten beim Baden zu. Einverstanden?"

Mia nickte. Er schien angebissen zu haben.

Als Franz am Abend wieder allein zuhause saß, ging ihm Mias Gedanke nicht mehr aus dem Kopf. Vielleicht hatte das Mädchen ja recht, denn so weitergehen konnte es auf keinen Fall. Er würde morgen zu seiner Mutter nach Bad Tölz fahren und mit ihr reden. So, wie er es seiner Enkelin versprochen hatte.

Der Sonntag zeigte sich von seiner besten Seite. In aller Herrgottsfrühe riefen die Glocken der nahen Kirche St. Johann Baptist die Gläubigen zum Gottesdienst und erledigten dabei auch gleich den Weckdienst für die, die mit der Kirche nichts am Hut hatten. Am Himmel stand keine einzige Wolke.

Franz hatte seit langem wieder einmal eine Nacht durchgeschlafen, und es schien, als ob er sein tiefstes

Tal am Vortag durchschritten hätte. Er hängte seinen neu eingeweihten Pyjama fein säuberlich an den Haken im Bad und stellte sich unter die Dusche. Todesmutig drehte er den Regler auf kalt.

Nachdem er sich in der Bäckerei am Max-Weber-Platz einen Kaffee und eine Butterbreze gegönnt hatte, stieg er in die U-Bahn und machte sich auf den Weg nach Bad Tölz. Wenn er seine Mutter noch vor elf erwischte, hatten sie eine gute Stunde Zeit zum Reden.

Die alte Dame erwartete ihn schon und winkte vom Balkon. „Schön, dass Du Deine greise Mutter einmal besuchen kommst", rief sie ihm zu. „Ich komme gleich runter, sonst verhocken wir hier nur mit meinen zahlreichen Liebhabern, und dabei kommt eh nichts Vernünftiges heraus."

Enttäuscht zogen sich die beiden Mitbewohner, die hinter der Gardine gestanden hatten, wieder in ihre Zimmer zurück. Sie hätten etwas Abwechslung auch gut vertragen können.

Auf dem Spaziergang durch die Tölzer Innenstadt hakte sich die Mutter bei ihrem Sohn unter und versorgte ihn mit Belanglosigkeiten aus ihrem Leben. Dann waren genug dünne Bretter gebohrt, und sie kam auf den Punkt.

„Mia und Susanne haben recht. Du brauchst wieder eine Frau, die sich um Dich kümmert. Frieda würde das sicher genau so sehen. Ich habe mir diese

WG auch schon zwei Jahre nach Vaters Tod gesucht, und ich habe es keinen Tag bereut. Natürlich ist es nicht mehr das gleiche Leben wie früher, aber es ist wenigstens ein Leben."

Franz war nicht überrascht, dass seine Mutter mit der Tür gleich ins Haus fiel. Es war schon immer ihre Stärke, die Dinge beim Namen zu nennen und sich nicht damit aufzuhalten, deren Unvollkommenheit zu bejammern. Eine Eigenschaft, die er nicht von ihr geerbt hatte. Er war ein Zauderer und Bedenkenträger. Ganz anders war Frieda. Sie hätte mit ihrem Naturell schon eher als die Tochter ihrer Schwiegermutter durchgehen können.

„Kann schon sein, dass Du recht hast", sagte er. „Aber ich habe meiner Lebtag noch keine Frau von mir aus angesprochen. Ich wüsste gar nicht, wie ich das angehen sollte, und die Idee mit dem Internet klingt zwar plausibel, aber ich müsste mich in einem Maße zur Schau stellen, das mir komplett gegen den Strich geht."

„Ach Franz", seufzte die Mutter. „Dir ist halt immer alles in den Schoß gefallen. Das war noch nie eine gute Ausgangsbasis für eine erfolgreiche Laufbahn als Jäger. Aber die Dinge ändern sich mit den Jahren. Wenn Du älter wirst, sucht Dich das Glück immer weniger auf, und Du musst Dich schon selber auf den Weg machen, wenn Du ihm begegnen willst. Gott sei Dank bist Du ja nicht auf den Mund gefallen, und mit etwas Mühe wird aus Dir auch wieder ein ansehnlicher Mann. Nur durch die Angst vor dem ersten Mal musst Du halt durch, aber das müssen die Helden in Deinen Büchern auch jeden Tag."

Vor ihrem Lieblingscafé in der Markstraße blieb sie abrupt stehen.

„Wir brauchen jetzt ein Glas Champagner, damit wir auf die große Unbekannte anstoßen können", sagte sie und zog Franz an einen der freien Tische. Als sie seinen zögerlichen Blick sah, sagte sie:

„Ich dulde keine Widerrede! Ich bin immer noch Deine Mutter."

Wie hätte er das vergessen können?

Auf der Heimfahrt ließ er das Gespräch Revue passieren. Alles, was seine Mutter gesagt hatte, machte Sinn, aber er tat sich schwer, sich an den Gedanken zu gewöhnen. Zum einen war er ihm unangenehm, andererseits versetzte er ihn in einen Zustand innerer Erregung.

Zuhause angekommen, machte er sich gleich auf den Weg zum Friedhof. Er musste mit Frieda reden. Auf ihrem Grab standen auch heute wieder frische Blumen, die nur von Mia sein konnten, denn es waren Margeriten.

„Sag Du mir bitte, was ich tun soll", wandte Franz sich an Frieda. „Die Frauen wollen, dass ich mich um eine neue Beziehung kümmere, weil sie mich schon nicht mehr sehen können in meinem Zustand, und ich vergeude meine Zeit mit klagen. Ich habe Angst vor einem neuen Leben mit einer anderen Frau, und ich habe Angst davor, Dich dann zu vergessen."

Erst jetzt bemerkte er den jungen Mann, der ein paar Reihen hinter ihm an einem Grab stand und mit seiner Geige ein Lied anstimmte. Er erkannte die Melodie sofort. Es war „Der Schwan" aus dem „Karneval der Tiere".

Franz war so ergriffen von dem Anblick und den Tönen, dass ihm die Tränen in die Augen schossen.

„Was soll mir das sagen?", fragte er Frieda; fest überzeugt davon, dass dieser Auftritt ein Zeichen für ihn sein sollte.

„Dass Du leben sollst", kam ihre Stimme von weit innen. „Dass Du endlich wieder leben sollst! Wir vergessen uns schon nicht. Hab´ keine Angst."

In dem Moment kamen Mia und Susanne auf ihn zugelaufen.

„Na, was hat sie gesagt?", fragte Mia aufgeregt.

„Dass Du recht hast", sagte Franz und drückte die Kleine an sich. „Wenn Du mich am Samstag besuchen kommst, machen wir einen Plan."

Susanne musste sich abwenden. So sehr berührte sie das innige Verhältnis zwischen ihrer Tochter und ihrem Vater. Sie fühlte sich einsam und ausgeschlossen.

Sie hatte sich oft gefragt, was das Band zwischen

ihr und ihrem Vater zerschnitten hatte. Sie erinnerte sich noch an Tage in ihrer Kindheit, in der sie, seine kleine Prinzessin, alles für ihn war. Das endlose Spiel „Engelein flieg", die Wettrennen im Englischen Garten, nach denen sie ermattet auf dem Boden lagen und lachten, die vielen Bücher und Geschichten, mit denen er versucht hatte, ihr das Wissen um das Leben und seine Sicht der Dinge näher zu bringen.

Dann, später, in der Pubertät, wandte sie sich oft gegen ihn. Sie rebellierte gegen seine heile Welt, die nur aus Geschichte und Kultur zu bestehen schien und monierte, dass ihn das Leben, so wie es wirklich war, nicht interessiere. Ihre Freunde, die sie nach Hause brachte, waren allesamt nicht gebildet genug, hatten keine ausreichend guten Manieren, interessierten sich für die falschen Dinge. Seiner Meinung nach.

Als er ihr erstes Tattoo auf dem Oberarm sah – sie war gerade sechzehn Jahre alt - verlor er die Beherrschung.

„Ist es das, was Du von mir gelernt hast? Was möchtest Du damit beweisen, wem gefallen? Kommen als nächstes grüne Haare, schwarze Fingernägel? Kann man Dich bald zugekifft auf der Straße besichtigen, im Schlepptau von Verlierern, die nie etwas anderes gelernt haben, als auf Kosten anderer zu leben? Wo ist mein Mädchen, meine kleine Prinzessin, geblieben?"

Und dann hatte er sich von ihr abgewandt und geheult wie ein Kind und über Wochen nicht mehr mit ihr gesprochen. Er, der große Pädagoge und Held seiner Schüler, ist an der Erziehung seiner einzigen Tochter gescheitert. So hatte er das damals empfunden.

Frieda hatte ihre Tochter in Schutz genommen und versucht, ihm zu erklären, dass Jugendliche so seien, dass auch Susanne ihren eigenen Weg finden müsse, und dass sie vor allem Liebe und Geborgenheit brauche und nicht Verachtung und Abwendung. Diese Auseinandersetzung hatte damals auch einen Keil zwischen Susannes Eltern getrieben, und es hatte lange gebraucht, bis die Wunden wieder verheilt waren.

Susanne ist daraufhin freiwillig in ein Mädcheninternat in einer Stadt am Bodensee gegangen. Sie wollte unter Gleichaltrigen selbständig werden und sich vor dem „Tod durch Ersticken" im Elternhaus bewahren. Das waren damals ihre Worte.

Als sie zwei Jahre später wieder zurückkam, um in München zu studieren, bestand sie darauf, eine eigene Wohnung zu beziehen, notfalls eine WG. Auch das war ein Thema, das zwischen sie und ihren Vater trat. Aber Frieda ließ diesmal nicht zu, dass es wieder zu einem Eklat kam.

Sie stellte sich auf die Seite ihrer Tochter und half ihr bei der Suche nach einer Bleibe. Die jungen Frauen, mit denen sie zwei Monate später eine

Wohngemeinschaft bildete, waren im gleichen Alter, studierten auch Kommunikations- und Medienwissenschaften und harmonierten von Anfang an gut miteinander. Als Susanne sie einmal nach Hause einlud und der Vater sie kennenlernen konnte, herrschte so etwas wie Burgfrieden. Er war beeindruckt vom sprachlichen und geistigen Niveau der beiden Kommilitoninnen und wusste seine Tochter – endlich wieder – in guter Gesellschaft.

Als Susanne heiratete und die kleine Mia zur Welt kam, war es, als würde sich ihre Kindheit wiederholen. Franz war der liebenswerteste Opa, den man sich vorstellen konnte, und er verbrachte mit seiner Enkelin so viel Zeit als möglich. Er ging sogar so weit, Susanne bei der Finanzierung der Wohnung in der Steinstraße, in unmittelbarer Nachbarschaft, zu helfen, um die Kleine nah bei sich zu haben.

Das Verhältnis zwischen ihnen war dennoch nie mehr das gleiche wie früher. Als Susanne sich von Alexander, einem sieben Jahre älteren Arzt, scheiden ließ, weil der sie mit einer Patientin betrogen hatte, war sie froh, ihre Eltern in der Nähe zu haben. Frieda, ihre Mutter, wurde einmal mehr ihre Vertraute und Freundin. Mia hatte Zugang zu ihrem Opa, der wohl auch eine Art Vaterersatz abgab, und sie konnte ihrem Job als Journalistin ohne größere Einschränkungen nachgehen.

Als dann immer wieder neue Männer in ihr Leben traten, die allesamt nicht für mehr als für eine kurze Beziehung taugten, gewöhnte sich auch Franz allmählich daran, eine alleinerziehende Mutter als Tochter zu haben und ließ immer mehr von Kommentaren, ihre Lebensführung betreffend, ab.

Dazu kam, dass Susanne sich im Laufe der Jahre einen guten Namen im Kulturjournalismus aufgebaut hatte und er gar nicht umhinkam, ihr seinen Respekt zu zollen.

„Ich bin doch stolz auf sie", verteidigte er sich gegenüber Frieda, die meinte, er würde seine Tochter vernachlässigen.

„Aber Du liebst sie nicht ohne Bedingungen", sagte seine Frau, „und das hemmt sie in ihrer Entwicklung. Versprich mir, dass Du sie nie fallen lässt. Egal, was passiert."

Das waren ihre letzten Worte zu diesem Thema, am Vorabend ihres Todes.

Das alles ging Franz durch den Kopf, als er nach dem Treffen mit Mia und Susanne auf dem Friedhof wieder in seiner Wohnung angelangt war.

Natürlich war ihm nicht entgangen, wie ausgegrenzt und verloren Susanne wirkte, als er sich mit Mia am Grab unterhalten hatte, und er nahm sich vor, sie an einem der nächsten Tage zu einem Abendessen einzuladen und einen Neuanfang zu versuchen. Das Gespräch über eine neue Frau würde dabei sicher eine hilfreiche Brücke sein.

Als Franz am Tag darauf bei Susanne anrief, meldete sich der Anrufbeantworter. Er hinterließ ihr eine Nachricht, dass er sich gerne Mittwochabend mit ihr treffen wolle und bat um Rückruf.

Eine Stunde später war Susanne am Telefon.

„Du wolltest mich sprechen?", sagte sie knapp.

„Ja, ich möchte Dich für übermorgen zum Essen in die Brasserie in der Nachbarschaft einladen, das „Rue des Halles". Du kennst es ja. Hättest Du gegen 19 Uhr Zeit?"

Am anderen Ende herrschte Stille.

„Womit habe ich das verdient?", fragte sie endlich.

„Ich möchte einfach mit Dir reden, und – er machte eine kurze Pause – ich brauche Deine Hilfe."

„Okay Papa, ich werde da sein. Kann sich Mia in der Zeit in Deiner Wohnung aufhalten? Ich würde mich wohler fühlen dabei."

„Selbstverständlich. Das weißt Du doch."

„Dann bis Mittwoch."

Susanne war verwundert über die Einladung. Sie hatten schon seit Jahren nicht mehr zusammen gegessen. Aber natürlich war sie auch neugierig auf das, was auf sie zukommen würde.

Franz erwartete die Beiden schon am Fenster und winkte ihnen zu. Er hatte sich fein gemacht für diesen Abend und freute sich auf das Gespräch, auch wenn ihm etwas mulmig bei dem Gedanken war, zum ersten Mal ohne Friedas ausgleichende Art, allein mit seiner Tochter zu sprechen.

Mia verschwand gleich nach der Begrüßung im Wohnzimmer, und Franz und Susanne verließen das Haus, ohne sich erst hinzusetzen. Das Lokal lag ja nur wenige Meter von Franz' Haus entfernt.

Der Ober begrüßte die beiden mit Handschlag und führte sie an den Ecktisch, den Franz reserviert hatte. Er nahm immer diesen Tisch. Schon seit Jahren.

„Lass' uns erst die Bestellung aufgeben, bevor wir reden", meinte Franz. „Sonst werden wir laufend unterbrochen, und das könnte ich heute besonders schlecht vertragen."

Er war offensichtlich aufgeregt.

Sie bestellten sich einen Campari Orange als Aperitif und entschieden sich für den Kabeljau auf Linsen von der Tageskarte als Hauptgang. Das war eines von Franz' Lieblingsgerichten. Susanne entschied sich zusätzlich für Meeresfrüchte als Vorspeise. Franz verzichtete bewusst darauf. So blieb ihm ausreichend ungestörte Redezeit für die Einleitung des Gesprächs, während Susanne mit ihrer Vorspeise beschäftigt war. Die Weinbestellung, einen 2015er Chablis, erledigte Franz im Alleingang.

„Du wirst diesen Tropfen lieben", sagte er. „Und wenn nicht, trinke ich eben die ganze Flasche."

Susanne stimmte mit einem Nicken zu.

„Was die Weinauswahl anbelangt, hast Du mich noch nie enttäuscht", meinte sie und lächelte vielsagend.

Nachdem sie sich kurz schweigend gegenübergesessen waren, brachte der Ober den Aperitif.

„Schön, dass Du Dir die Zeit genommen hast", sagte Franz. „Ich weiß gar nicht mehr, wie lang es her ist, dass wir so zusammensaßen."

„Eine kleine Ewigkeit", sagte Susanne. „Ich glaube, es war der Abend, an dem Du Dich bemüßigt fühltest, mir Deine Meinung zu Enrico, meinem verflossenen südländischen Liebhaber, mitteilen zu müssen."

Franz lächelte abwesend. Er erinnerte sich schwach an dieses Gespräch, aber er ging nicht darauf ein.

„Susanne", kam er ohne weitere Umschweife zur Sache, „ich habe mich entschieden, eine neue Lebenspartnerin zu suchen, und dabei brauche ich Deine Hilfe."

Susanne verschluckte sich fast an einer Muschel, hustete kurz und legte die Gabel beiseite.

„Vorreden sind wohl nicht Dein Ding", lachte sie. „Du suchst eine neue Frau, und ausgerechnet ich soll Dir dabei helfen? Warum ich, und wie stellst Du Dir das vor?"

„Über die Gründe können wir ein andermal in Ruhe reden. Mein Ziel heute Abend ist nur, Dich als Coach für den Suchprozess zu gewinnen. Mia hat mir verraten, dass Du Deine Partner - oder soll ich besser Liebhaber sagen? - über das Internet findest und mit dieser Welt vertraut bist. Ich dagegen fühle mich wie ein Dinosaurier, wenn ich daran nur denke. Ich brauche jemand, der mich bei der Hand nimmt, mir zeigt, welche Möglichkeiten es gibt, und mir hilft, die größten Schnitzer zu vermeiden. Wärst Du bereit, für mich dieser Jemand zu sein?"

Susanne fasste es immer noch nicht, aber sie verstand, dass er es ernst meinte mit seinem Anliegen. Es war das erste Mal in ihrem Leben, dass er sie um Hilfe bat. Und natürlich wollte sie ihm helfen, ihn nicht im Regen stehen lassen.

„Papa, ich helfe Dir gerne", sagte sie, „aber dazu musst Du mir noch mehr erzählen. Ich muss Deine Erwartungshaltung kennenlernen, Deine Träume, wenn Du so willst. Das wird einiges Umdenken von Dir erfordern, denn bislang sind wir beide im Umgang mit Themen dieser Art nicht sehr geübt. Glaubst Du, dass das für Dich ein Problem darstellen könnte?"

„Da, wo ich im Augenblick stehe, gibt es keinen Raum für Animositäten", erwiderte Franz. „Du stellst die Fragen, die Du stellen musst, und ich werde sie, so gut ich kann, beantworten. Einverstanden?"

„Einverstanden", sagte Susanne und schaute ihren Vater ungläubig an.

›Der Tod von Mama hat ihn wirklich verändert‹, dachte sie sich. Seine Hilflosigkeit rührte sie an.

„Lass´ uns den Kabeljau essen, solange er noch warm ist", schlug sie vor. „Danach machen wir uns gleich an die Arbeit."

Franz war froh, dass Susanne keinen Widerstand leistete und genoss seine Lieblingsspeise. Er hob das Glas und prostete seiner Tochter zu.

„Auf unser erstes gemeinsames Projekt! Danke, dass Du den Auftrag übernommen hast."

„Auf unser erstes Projekt, Papa!", erwiderte sie. „Auf *Liebe 2.0*."

„Auf was?", fragte Franz irritiert.

„Auf *Liebe 2.0*. Das ist ab sofort der Name des Projekts. Einverstanden?"

„Auf *Liebe 2.0!*", wiederholte Franz. „Warum nicht?"

Im Verlaufe des Abends beschrieb Susanne detailliert, wie die Annäherung über Kennenlernportale funktioniert. Sie machte ihrem Vater klar, welche Fragen auf ihn zukommen können und schrieb die wichtigsten auf eine Serviette, die Franz im Anschluss an das Gespräch mitnehmen konnte.

Auch das Thema Speed Dating sparte sie nicht aus und erläuterte in groben Zügen den Ablauf. Franz wies diesen Ansatz weit von sich.

„Dann gehe ich lieber ins Kloster, bevor ich mich auf so einen Fleischmarkt begebe", meinte er, sichtlich verstört.

„Ich wollte nur, dass Du alle Optionen kennst",

sagte Susanne und lachte.

Sie vereinbarten, sich schon am nächsten Tag wieder zu treffen, um Franz´ Antworten zu besprechen und die nächsten Schritte festzulegen.

Das Drücken beim Abschied war herzlich, und beide versuchten, unnötige Worte zu vermeiden.

Sie spürten auch so, dass eine neue Zeitrechnung in ihrer Beziehung begonnen hatte.

Als Franz wieder in seiner Wohnung war, nahm er die Serviette zur Hand, auf die Susanne ihre Fragen notiert hatte und übertrug sie fein säuberlich in eine Entscheidungstabelle.

An die Beantwortung der Fragen wollte er sich erst machen, wenn er eine Nacht darüber geschlafen hatte. Er wusste, dass das Unbewusste in der Nacht nicht ruhen und ihm am nächsten Tag schon viele nützliche Ideen liefern würde.

Gegen vier Uhr morgens wachte er schweißgebadet auf.

Er hatte geträumt, dass er, zusammen mit anderen Männern, im großen Saal des Hofbräuhauses in einer Schlange stand und darauf wartete, dass ein Gong das Signal gab, sich an einen der an der Wand entlang aufgestellten Tische zu begeben. An diesen saßen Frauen, die die Männer im Fünfminutentakt kennenlernen würden.

„Jenny Huber. Speed Dating." stand auf einem

großen Plakat.

Als der Gong ertönte, setzte er sich in Bewegung, aber die anderen Männer waren schneller, und Franz fand keinen freien Tisch mehr. Es war wie bei der Reise nach Jerusalem. Alle Damen waren schon besetzt.

Als er sich hilfesuchend umsah, steuerte eine durchgestylte, hagere Blondine mit missmutigem Blick auf ihn zu und fuchtelte aufgeregt mit den Armen. Sie forderte ihn auf, unverzüglich den Saal zu verlassen.

„Versuchen Sie Ihr Glück im Altersheim, aber lassen Sie sich hier nie mehr blicken!", herrschte sie ihn an. „Wir sind nicht von der Rentnerwohlfahrt."

Jetzt erst sah er, dass alle anderen Teilnehmer viel jünger waren als er und ihm mit wegwerfender Handbewegung bedeuteten, er möge endlich verschwinden. Er fühlte sich nackt und bloßgestellt und stürzte, von Panik ergriffen, aus dem Saal.

Franz brauchte fast eine Stunde, um sein rasendes Herz wieder zu beruhigen und langsam wieder in seine Mitte zu finden. Der Morgen graute schon, als er noch einmal in einen tiefen, traumlosen Schlaf fiel.

Kurz vor neun stand er auf und nahm erneut die Entscheidungstabelle zur Hand, die er am Abend zuvor auf dem Wohnzimmertisch abgelegt hatte. Sein Kopf war wie vernagelt, und er verfluchte die Idee, sich in seinem Alter auf dieses Abenteuer eingelassen zu haben. Nachdem er die einzelnen Kriterien noch einmal durchgegangen war, erschien ihm sein Vorhaben vollkommen sinnlos.

Er konnte keine der Fragen nach seiner Wunschfrau auch nur ansatzweise beantworten. Er wusste nicht, wie groß sie sein und welches Gewicht sie haben sollte oder welche Haarfarbe er vorziehen würde. Er hatte keine Ahnung, welche sexuellen Vorlieben sie haben, oder ob sie ledig, geschieden oder verwitwet sein sollte.

Frieda hatte er sich ja seinerzeit auch nicht theoretisch vorgestellt und ihre Attribute auf einem Wunschzettel niedergeschrieben. Sie war einfach vor ihm gestanden in ihrer Schwesternuniform, klein, etwas pummelig und mit einem Lachen, das die Welt verändern konnte.

Als ihm all das durch den Kopf ging, war er sich sicher, dass das Internet für ihn nicht die Lösung sein konnte. Er würde den altmodischen Weg über eine Zeitungsannonce gehen. Er wollte von den Damen, die sich angesprochen fühlten, einen handgeschrieben Brief bekommen und keine unpersönliche E-Mail.

Er musste die Frauen spüren, mit seinen Sinnen erfahren können. Durch das, was sie schrieben, wie sie es schrieben, wie ihre Schrift aussah, wie sich ihr Briefpapier anfühlte, wie ihre Briefe rochen. Dann konnte vielleicht ein Schuh draus werden.

Von dieser Erkenntnis durchdrungen, rief er Susanne an und erzählte ihr von seiner neuen Strategie. Sie sollte sich schon im Vorfeld des gemeinsamen Abends auf die neue Linie einstimmen können. Er würde mit ihr den Text für die Annonce durchsprechen und dann, gleich am Freitag, zur Anzeigenannahme der „Süddeutschen Zeitung" gehen.

Susanne hörte sich alles in Ruhe an und versprach, belegte Brötchen mitzubringen. Franz stellte eine Flasche vom besten Wein kalt, den er im Keller finden konnte. Es war ein Chablis, den er von seiner letzten Frankreichreise mit Frieda aus dem Burgund mitgebracht hatte. Mia übernachtete bei einer Freundin in der Nachbarschaft.

Nachdem sie ihr Abendbrot mit belanglosen Themen hinter sich gebracht hatten, schüttete Franz Susanne sein Herz aus.

„Wie ich Dir bereits am Telefon sagte", ist das Internet nicht mein Weg. „Ich ..."

Susanne unterbrach ihn.

„Du musst mir das nicht erklären, Papa. Ich verstehe das sehr gut, und nach einigem Nachdenken bin auch ich der Meinung, dass die von Dir angedachte Vorgehensweise die richtige für Dich ist. Ich kann dieser Idee viel Gutes abgewinnen; ja, ich gehe sogar soweit, dass ich, wenn das bei Dir funktioniert, es auch für mich versuchen werde."

Franz war erleichtert von dieser Wendung, denn er hatte gefürchtet, dass Susanne versuchen würde, ihn mit sanftem Druck davon abzubringen.

„Das wäre wunderbar!", meinte er. „Dann können wir uns ja gegenseitig coachen."

„Jetzt lass´ uns erst mal Dein Glück versuchen", bremste sie ihn ein. „Wenn wir Dich wieder unter der Haube haben, bleibt genug Zeit für mich altes Mädchen. Noch werde ich, zumindest oberflächlich, mehr als ausreichend versorgt."

Sie lachten beide.

„Na gut", sagte Franz und hob feierlich das Glas. „Dann höre, was Dein alter Vater sich für das Inserat ausgedacht hat."

Er stand auf und holte vom Nebentisch ein Blatt, auf dem er seinen Entwurf festgehalten hatte. Susanne griff danach, aber er gab es nicht aus der Hand.

„Du musst es von mir persönlich hören", sagte er. „Ich fühle mich dann wohler."

Susanne zog die Hand zurück.

„Nun denn, oh großer Liebhaber", sagte sie, „beginne er, um mich zu werben!" und forderte ihn lachend auf, mit seinem Vortrag loszulegen.

Franz erhob sich von seinem Platz und las:

Jung gebliebener Professor (Gymnasiallehrer), 64, nach vierzig guten Ehejahren verwitwet, am Leben, an Reisen, Literatur und Musik interessiert, sucht seelenverwandte, lebensbejahende Partnerin, die mit ihm gemeinsam durch den Abend des Lebens geht.

Franz hob seinen Blick und schaute Susanne erwartungsvoll an.

„Was meinst Du dazu?", fragte er sie.

„Es klingt zauberhaft", sagte sie, „sehr romantisch. Wärst Du nicht mein Vater und zwanzig Jahre jünger, würde ich Dir schreiben. Ich nehme an, Du hast bewusst alle Wunschattribute, die wir gestern besprochen haben, weggelassen."

„Ja, so ist es. Ich konnte einfach keinen Sinn darin finden, äußere Merkmale zu definieren, weil sie im schlimmsten Fall doch nur den Menschen verdecken, der in diesem Körper wohnt. Was nützt es mir, wenn sie älter oder jünger oder schlank oder mollig ist, aber ihre Seele nicht mit meiner schwingt?

Was wäre es für ein Unglück, wenn die von mir vorgegebenen Attribute eine wunderbare Frau daran hindern würden, mit mir in Kontakt zu treten? Nur weil sie glaubt, meinen Vorstellungen nicht zu genügen. Wie könnte der Zufall sein gnädiges Werk verrichten, wenn ich ihm schon im Vorfeld mit unsinnigen Verbotsschildern den Zugang zu mir verwehrt hätte? Verstehst Du, was ich meine?"

Susanne war überwältigt und den Tränen nahe.

„Wie recht Du hast", sagte sie. „Jetzt verstehe ich erst, was mich an dem Weg über das Internet immer gestört hat. Man wird auf Äußerlichkeiten reduziert, wie eine Puppe. Und wie Du schon sagtest: Man versperrt mit großer Wahrscheinlichkeit einem wunderbaren Menschen den Weg zu sich, weil man ihn abschreckt, ihm mit überzogenen Idealvorstellungen den Mut nimmt, auf einen zuzugehen."

„Schön, dass Du das auch so siehst", sagte Franz. „Ich werde die Anzeige also morgen früh aufgeben. Sobald die ersten Reaktionen eintrudeln, rufe ich Dich an. Einverstanden?"

„Genauso machen wir das", sagte Susanne.

Den Rest des Abends ließen sie das Thema ruhen. Susanne erzählte ihrem Vater aus ihrer Arbeitswelt, und er sprach über seinen bevorstehenden Renteneintritt. Natürlich war auch Frieda wieder ein Thema. Was für ein herzlicher, guter Mensch sie doch war, und wie sehr sie allen fehlte. Aber beide waren sich darüber einig, dass das Leben einem keine Pause gönnt und verlangt, dass man immer weitergeht.

Als sie sich verabschiedeten, streichelte Franz liebevoll das Gesicht seiner Tochter. Dabei wurde ihm wieder einmal bewusst, wie hübsch sie war und dass sie sich optisch immer ähnlicher wurden. Anders als Frieda war Susanne groß und schlank und hatte kurze, blonde Haare. Sie trug sie mit einem Seitenscheitel und gelockt mit Wasserwellen. So wie die Frauen in den Zwanzigerjahren. Nur die großen Augen hatte sie von Frieda.

Franz schwor sich, alles daranzusetzen, dass auch sie bald ihr Glück finden und endlich zur Ruhe kommen würde.

„Danke, mein Liebes", sagte er noch. „Grüße mir Mia, meinen Engel. Aber verrate nicht zu viel. Das ist meine Aufgabe."

„Ich werde schweigen wie ein Grab", sagte Susanne und ging.

Nachdem sich Franz hingelegt hatte, erzählte er Frieda von seinem Entschluss und von dem harmonischen Abend mit Susanne. Dann schlief er ein. Als er am Freitagmorgen aufwachte, war draußen schon heller Tag.

Nach einem ausgiebigen Frühstück machte er sich auf den Weg zum Zeitungsverlag, um die Anzeige aufzugeben.

Gemessen an der Zahl der Damen, die sich auf die Anzeige meldeten, war die Aktion ein voller Erfolg. Anfangs, gleich in der ersten Woche kamen die meisten Briefe, dann wurden es langsam weniger. Einundzwanzig waren es insgesamt.

Aber, so ermutigend die Zahl der Rückläufer war, so enttäuschend waren die Inhalte. Es waren Briefe dabei, die penetrant nach Parfum dufteten und zweideutige Botschaften mit eindeutigem Bildmaterial enthielten, Briefe, deren Ausdrucksform auf eine geringe Bildung schließen ließen und Briefe, die Franz schon äußerlich, durch Farb- und Motivwahl der Kuverts und des Briefpapiers nicht ansprachen. Sie alle erhielten von ihm umgehend einen höflichen Antwortbrief, in dem er sich für ihr Interesse bedankte und ihnen mitteilte, dass er sich leider schon anderweitig entschieden hätte, und dass er ihnen viel Glück bei ihren weiteren Bemühungen wünsche.

Nur drei Briefe konnten die erste Hürde nehmen. Sie erfüllten seinen ästhetischen Anspruch, die Wortwahl war ansprechend, und die beigelegten Fotos zeigten allesamt aparte Damen mittleren Alters.

Doris, eine vierundfünfzigjährige, blonde Frau aus Frankfurt, war ebenfalls verwitwet und hatte zwei erwachsene Söhne, von denen einer verheiratet war, und einen Enkel. Sie arbeitete als Buchhalterin in einer Elektronikfirma und hatte die Absicht, bis zu ihrem Renteneintritt in Lohn und Brot zu bleiben, „um meine Unabhängigkeit auch im Alter zu wahren", wie sie schrieb. Sie liebte klassische Musik und verreiste jedes Jahr an dieselbe Adresse in der Toskana, so wie sie das früher auch mit der Familie getan hatte.

Ihr größter Wunsch, den neuen Partner betreffend, war, „dass er ein ausgeglichenes Naturell hat und lebensbejahend ist". Franz´ Alter war für sie kein Problem, da ihr verstorbener Mann auch wesentlich älter war als sie. Gravierendster Nachteil war die Tatsache, dass ein Wechsel des Wohnortes für sie nicht infrage kam, da sie sonst zu weit von der Familie und ihrem Bekanntenkreis entfernt wäre. „Falls für Sie grundsätzlich ein Wechsel nach Frankfurt infrage käme, würde ich mich freuen, Sie persönlich kennenzulernen", beendete sie ihren Brief.

Gudrun, achtundfünfzig, aus Essen, war in ihrem ganzen Leben noch nie verheiratet. Ihr Beruf als Fotografin brachte sie um den ganzen Erdball, und sie liebte ihre Freiheit. Sie war eine große, schlanke, dunkelhaarige Frau mit einem eleganten Auftreten. Ihre markante Brille gab ihr einen intellektuellen Anstrich, der zusammen mit ihrer offenen, warmherzigen Aura eine anziehende Mischung ergab. Gudrun suchte einen gebildeten, gesellschaftsfähigen und kulturell interessierten Partner, mit dem sie „das Abenteuer der Zweisamkeit" erstmals „erproben" wollte. Sie war bereit, pekuniäre Sicherheit des Partners vorausgesetzt, ihren Beruf an den Nagel zu hängen und, „wenn es denn sein muss", in München sesshaft zu werden.

Und dann war da noch Eva, zweiundfünfzig, aus Holzkirchen, die sich mitten in einer Scheidung befand, die ihr Mann mit aller Härte führte, und die sie zunehmend demoralisierte. Eva war „nur Hausfrau", wie sie es nannte. Sie hatte einen Sohn und eine Tochter, die beide in München studierten und dort auch ihre Lebensmitte hatten. Vor ihrer Ehe hatte sie Volkswirtschaft studiert und war für ein paar Jahre in der strategischen Planung eines Münchener Großkonzerns tätig gewesen. Nachdem ihr Mann sie mit einer seiner Arbeitskolleginnen hintergangen hatte, legte sie vor allem Wert auf Zuverlässigkeit und Treue.

„Ich muss mich auf meinen Partner blind verlassen können", schrieb sie in ihrem Brief. „Dann kann auch die Liebe füreinander wachsen."

Evas Optik erinnerte Franz an Edith Piaf. Sie war klein, zierlich, und hatte dunkle, große Augen. Etwas Trauriges, Sehnsüchtiges lag in ihrem Blick.

Über diesen drei Briefen brütete Franz jetzt schon seit Tagen und kam zu keinem Schluss. Er wollte in dieser Zeit auch Susanne und seine Mutter nicht sehen, und er schwänzte das samstägliche Treffen mit Mia.

Er wollte ihnen erst wieder begegnen, wenn er mit sich selbst im Reinen war.

Dann war es soweit.

Er hatte jedes Für und Wider abgewogen, es fein säuberlich in seiner Entscheidungstabelle bewertet, und kam zu dem vernichtenden Schluss, dass keine der drei Frauen aus der Endauswahl infrage kam.

Franz war frustriert und erleichtert zugleich und machte sich daran, jeder Einzelnen die Absage so zu begründen, dass sie nachvollziehbar war. Er wollte sie auf keinen Fall verletzen.

Doris gegenüber bedauerte er, dass er in seinem Alter unmöglich sein geliebtes München verlassen „und in die Fremde" ziehen könne, und Gudrun erfuhr, dass er alles andere als ein Gesellschaftslöwe und für sie auf jeden Fall zu langweilig wäre. Ihr gab er zudem zu bedenken, dass er sich an ihrer Stelle gut überlegen würde, nach all den Jahren in Freiheit einen Käfig zu betreten. Er unterstrich diesen Rat mit dem Hinweis darauf, dass im vergangenen Jahr im Münchener Tierpark ein älteres, frisch aus Kenia importiertes Leopardenweibchen schon nach wenigen Wochen eingegangen sei.

Dieser Kommentar, den Franz für witzig hielt, veranlasste Gudrun zu einem weiteren, abschließenden Brief, in dem sie ihn einen unverschämten und instinktlosen Parvenü nannte und ihm ins Gesicht schleuderte, dass sie froh sei, dass er ihr noch rechtzeitig sein wahres Gesicht gezeigt hätte.

Am längsten zögerte er mit seiner Absage an Eva. Sie kam seinen Vorstellungen am nächsten, aber die Geschichte mit der laufenden Scheidung war ihm unheimlich. Vielleicht liebte sie ihren Mann ja insgeheim noch und suchte nur einen Ersatz, um diesem zu zeigen, dass sie ebenfalls eine begehrte Frau war.

Er wusste aus Erfahrung, dass Menschen, die gedemütigt und verletzt wurden, in einem Moment tiefster Not nach jedem Strohhalm greifen, der ihnen Linderung ihrer Schmerzen verspricht. Er hätte frühestens nach ein paar Monaten oder gar Jahren eine Chance, diese Frau wirklich kennenzulernen. Dann, wenn die Scheidung durch und sie schon geraume Zeit ein Paar wären. Also Risiko! Und das wollte er auf jeden Fall vermeiden.

Auch Eva schrieb er einen freundlichen Brief, in dem er ihr Komplimente machte und ihr, so gut es ging, die Gründe für seine Absage darlegte.

„Hätte ich mich hier und jetzt für eine Dame entscheiden müssen", schrieb er zum Schluss, „wären Sie die Frau meiner Wahl gewesen."

Als die Briefe geschrieben und auf dem Weg waren, rief er Susanne an und lud sie ein auf ein Glas Wein. Er wollte ihr seine Entscheidung persönlich mitteilen. Mia konnte warten. Sie war ohnehin schon beleidigt, weil sie glaubte, als Beraterin ausgebootet worden zu sein. Diesen Zustand musste er ihr noch bis zum nächsten Samstag zumuten; so leid es ihm tat.

Susanne kam kurz nach acht und war natürlich neugierig auf das Ergebnis der großen Aktion, aber mit diesem Ausgang hatte sie nicht gerechnet.

„Hast Du nicht vorschnell gehandelt, Papa?", meinte sie, ohne einen Vorwurf in der Stimme. „Warum hast Du mich nicht konsultiert? Vier Augen sehen mehr als zwei, und ich bin eine Frau. Ich hätte möglicherweise noch andere Informationen aus den Briefen herauslesen können."

Franz nickte verständnisvoll und winkte dann aber ab.

„*Ich* muss mich wohlfühlen mit meiner Entscheidung, und *ich* muss die Signale deuten, die mir mein

Bauch liefert. Im Falle einer Fehlentscheidung hätte ich ja auch nicht sagen können, Du hättest die Sache vergeigt, nur weil Du Dich so oder so für mich entschieden hast."

„Natürlich, das verstehe ich", sagte Susanne, „aber einen Versuch wäre es vielleicht wert gewesen."

Sie legte ihm die Hand auf den Unterarm und fragte: „Und, was gedenkst Du jetzt zu tun? Was sind Deine nächsten Schritte?"

„Keine Ahnung. Erstmal bin ich froh, dieses Abenteuer heil überstanden zu haben. Der Stress der vergangenen Tage wirft ein warmes Licht auf meinen Status als Single. „No woman, no cry" hat Bob Marley in den Siebzigern gesungen."

Franz lachte.

„Kennst Du diesen Song?"

Susanne nickte.

„Jetzt musst Du das nur noch Mia und Deiner Mutter schonend beibringen", meinte sie. „Die beiden sind, wie ich, fest davon ausgegangen, dass wir Dich bis zum Jahresende unter der Haube haben und sich jemand anders um Dich kümmern würde."

„Das wird sicher nicht einfach für Euch", frotzelte Franz, „aber ihr werdet damit fertig werden. Im Übrigen hat Arthur Schopenhauer, der große Philosoph, schon vor mehr als hundertfünfzig Jahren erkannt, dass nur die Einsamkeit und die „Befreiung vom niederen sexuellen Triebe" dem Menschen den Zugang zu seinem wahren Wesen und seiner ureigenen, höheren Bestimmung verschaffen. So, glaube ich, hat er sich ausgedrückt."

„So ungefähr, Herr Professor", lachte Susanne. „Aber mit diesem Misanthropen hast Du nun wirklich nichts gemein. Schopenhauer war nur deshalb ein Frauenverächter, weil sie ihn nicht rangelassen haben. Der Mann lebte sozial vollkommen isoliert und war Zeit seines Lebens eine unglückliche Kreatur."

„Ich wusste gar nicht, dass Du so belesen bist", ätzte Franz, „aber Du hast recht. Das Beispiel hinkt auf voller Länge. Deswegen hier meine direkte Rede: Ich will mit dem Thema Frauen für eine dauerhafte Beziehung jetzt erst mal nichts mehr zu tun haben. Sollte mein Körper sich einmal überraschender Weise an seinen Sexualtrieb erinnern, werde ich sicher eine freundliche Dame auf Mietbasis finden."

„Davon bin ich überzeugt", sagte Susanne und legte erneut ihre Hand auf seinen Arm. „Ich bin jetzt zu müde, um Dir weiter zu widersprechen. Wir reden ein andermal weiter."

Franz brachte seine Tochter zur Tür und drückte sie zum Abschied.

„Grüße Mia ganz lieb von mir", sagte er. „Für den Fall, dass sie ihren Opa noch nicht ganz aufgegeben hat."

„Du weißt, wie sie an Dir hängt", sagte Susanne.

„Vielleicht ist sie ja sogar froh, wenn sich keine andere Frau zwischen Euch drängt."

Dann ging sie.

Als die Sommerferien vorbei waren und Franz sein letztes Schuljahr vor der Rente in Angriff nahm, kamen wieder die dunklen Gedanken an das, was wohl nach seiner aktiven Zeit kommen würde, aber es gelang ihm, sie in Schach zu halten.

Das Projekt *Liebe 2.0* verblasste langsam in seiner Erinnerung, und er hatte sich mehr und mehr mit seiner Rolle als Junggeselle arrangiert. Trotzdem er keine neue Begleiterin gefunden hatte, kam mit dieser Aktion viel Gutes. Die Pausen zwischen seinen depressiven Schüben wurden länger, und der Schmerz ging nicht mehr so tief.

Franz achtete wieder auf sich und ließ sich nicht mehr so gehen. Seine Kleidung, sein Haarschnitt und sein ganzes Auftreten hatten wieder diesen lässig eleganten Touch, der früher eines seiner Markenzeichen war.

Susanne hatte mittlerweile eine neue Zugehfrau für Franz gefunden, die in der Nähe wohnte und die zwei Mal die Woche nach dem Rechten schaute, und zwar dann, wenn Franz in der Schule war. Sie machte seine Wäsche, bügelte und putzte und kümmerte sich um den Abwasch.

Franz kam nach einer kurzen Zeit der Eingewöhnung gut mit dem Wirken der alten Dame klar und empfand sie zunehmend als eine willkommene Bereicherung in seinem Junggesellendasein.

Franz´ Mutter hatte es mittlerweile aufgegeben, ihm Ratschläge für seine Lebensführung zu geben und sich wieder in ihre eigene Welt zurückgezogen.

Frieda besuchte er regelmäßig am Grab, und wenn er nachts wach lag, hielten sie hin und wieder Zwiesprache. Nur die Tatsache, dass die Erinnerung an sie ganz langsam zu verblassen schien, machte ihm Angst.

Ansonsten ging das Leben seinen Gang.

In der Nacht von Donnerstag auf Freitag der letzten Septemberwoche fand Franz nicht in den Schlaf. Er hatte noch spät mit einem Kollegen beim Griechen zu Abend gegessen und es mit dem Essen und Trinken wohl übertrieben.

Er wälzte sich von einer Seite auf die andere. Ohne Erfolg. In seinem Kopf hatte sich ein Schmerz festgesetzt, dem auch mit Tabletten nicht beizukommen war.

Als der Morgen dämmerte, stellte er sich mit nacktem Oberkörper in das offene Fenster. Die frische Luft tat ihm gut. Sein Kopfschmerz ließ langsam nach.

Kurz vor acht machte er sich auf den Weg zur Schule.

In der dritten Unterrichtsstunde fing das Hämmern im Kopf wieder an, und sein Magen rumorte. Sein Gesicht war fahl, und auf seiner Stirn stand kalter Schweiß. Franz rannte auf die Toilette, wo er sich mehrfach übergab. Seine Beine versagten ihm den Dienst, und er ließ sich langsam an der Wand auf den Boden gleiten. Sein Atem rasselte.

Nachdem er glaubte, sich wieder halbwegs gefangen zu haben, stand er auf, spülte seinen Mund und wusch sein Gesicht. Ein kreidebleiches Wesen schaute ihn aus dem Spiegel an. Zitternd fuhr er sich mit den Fingern durch die wirr abstehenden Haare.

Als Meinrad Hofer, der Direktor, die Toilette betrat und ihn sah, erschrak er.

„Franz, was ist los mit Dir?", fragte er.

„Nichts. Es geht schon wieder", beschwichtigte ihn Franz.

„Nichts geht wieder. Schau Dich an. Du siehst aus wie ein Gespenst, und Du kannst unmöglich in diesem Aufzug weiter unterrichten."

Hofers Blick war auf Franz´ Hemd gerichtet, das voller Flecken war. Diskret wies er ihn darauf hin, dass seine Hose offenstand.

„Geh nach Hause, Franz und leg´ Dich hin. Ich regle das mit Deinem Unterricht, und halte mich auf dem Laufenden."

Hofer legte Franz die Hand auf die Schulter und meinte nur noch, dass er an seinem Geruch arbeiten soll. Er stank erbärmlich.

Franz nickte nur und ging auf dem kürzesten Weg nach Hause.

Dort angekommen, stand Frau Stadler, seine Nachbarin, gerade am Eingang und holte die Post. Als sie ihn sah, schlug sie die Hände vor dem Gesicht zusammen.

„Herr Anwander, wie sehen Sie denn aus? Was ist passiert? Soll ich die Rettung rufen?"

Franz schüttelte nur den Kopf und drängte sich wortlos an ihr vorbei durch die Tür.

„Passen Sie auf wegen dem Hund!", rief sie ihm noch nach, aber da war es bereits zu spät.

Vor ihm stand ein hüfthoher, schwarzer Hund, der ihn aufmerksam musterte. Er bellte einmal kurz und legte sich dann wieder quer vor Franz´ Wohnungstür. Der stand da, wie vom Donner gerührt. Er hatte schon immer Angst vor Hunden, aber dieses Ungeheuer war größer als alle Hunde, denen er bisher begegnet war.

In dem Moment öffnete sich die Wohnungstür und eine Frau, mittelgroß, schlank, dunkelhaarig, schaute ihn fragend an. Aus der Wohnung klang klassische Musik.

„Wer sind Sie, wenn ich fragen darf?", eröffnete sie den Dialog.

„Ich wohne hier", sagte Franz und sah die Frau mit offenem Mund an.

„Entschuldigen Sie bitte", sagte die Frau, „das habe ich nicht gewusst."

"Wie auch? Wir kennen uns ja nicht. Können Sie bitte das Tier von mir fernhalten und ihm verbieten, an meiner Hand zu schnuppern? Bei der Gelegenheit können Sie mir auch erklären, was Sie in meiner Wohnung tun."

„Angelo, Platz", sagte sie ruhig, und das Ungeheuer legte sich wieder hin.

„Verzeihen Sie meine Unhöflichkeit", fuhr sie fort. „Ich habe mich ja gar nicht vorgestellt. Ich bin Xenia Papadakis, die Tochter Ihrer Zugehfrau. Meine Mutter ist seit drei Wochen bettlägerig, und ich erledige in der Zwischenzeit ihre Arbeit. Sie hat immer Angst, dass sie ihren Job verliert, wenn sie einmal unpässlich und nicht verfügbar ist."

Franz hatte seinen Zustand und sein Aussehen völlig vergessen. Erst jetzt sah er, wie hübsch sie war; trotz der Kittelschürze und der dicken Socken, die sie trug.

Frau Stadler, die sich mittlerweile zu dem ungleichen Paar gesellt hatte, genoss das Schauspiel aus vorderster Reihe.

„Ich wollte Sie noch warnen", sagte sie. „Aber da waren Sie schon weg."

An Xenia gewandt, sagte sie: „Kommen Sie, Frau Papadakis, wir bringen Herrn Anwander erst mal in seine Wohnung und verschaffen ihm Zugang zum

Sanitärbereich. Dann mache ich uns einen Kaffee und wir besprechen alles Weitere."

„Das ist zu nett, Frau Stadler", meinte Xenia, „aber das schaffen wir schon alleine, nicht wahr, Herr Anwander? Trotzdem danke für ihr Angebot."

Bevor Frau Stadler etwas erwidern konnte, zog Xenia den Dienstherrn ihrer Mutter in die Wohnung und schloss die Tür. Angelo musste draußen bleiben. Er war das gewohnt. Frau Stadler verschwand in ihrer Wohnung und kam mit einem Wiener Würstchen zurück, das Angelo mit gierigen Bissen verschlang.

„Braver Hund", sagte Frau Stadler. „Immer wenn es spannend wird, müssen wir zwei draußen bleiben."

Dann strich sie dem Tier über den Kopf und ging enttäuscht von dannen.

Als Franz aus der Dusche kam, war er fast wieder der Alte. Nur das Kopfweh war noch da, und im Magen hatte er noch immer dieses flaue Gefühl.

Xenia fand er im Wohnzimmer, wo sie gerade dabei war, seinem Zeitungsverhau eine neue Ordnung zu geben.

„Wie lange geht das schon mit Ihrer Mutter", fragte er.

„Wie schon gesagt, seit drei Wochen. Sie ist einfach nicht mehr die Jüngste, und ich wollte schon lange, dass sie mit dem Putzen aufhört. Aber dann erzählt sie mir vom Krieg und der Armut und von ihrer Angst, einmal von Almosen leben zu müssen, und so lasse ich sie halt wieder ziehen."

Xenia seufzte.

„Alte Leute lassen sich nur schwer von ihren Überzeugungen abbringen. Da nützt es auch nichts, wenn sich die Umstände geändert haben."

„Da haben Sie wohl recht", meinte Franz. „Davon könnte ich auch ein Liedchen singen."

Xenia hatte zwischenzeitlich Kaffee gemacht, und er bat sie, sich zu ihm zu setzen.

„Was machen Sie denn beruflich?", fragte er sie.

„Ich bin freie Journalistin. Ich schreibe für diverse Zeitungen, unter anderem für ein großes griechisches Frauenmagazin und eine italienische Gazette für Lifestyle. Das ermöglicht mir glücklicherweise viel Freiheit bei der Einteilung meiner Zeit."

„Leben Sie mit Ihrer Mutter zusammen?"

„Nein, Gott bewahre!", lachte Xenia. „Aber wir wohnen nur zwei Straßen auseinander, und so kann ich mich um sie kümmern, wenn Bedarf dazu besteht. Mittlerweile findet sie sich schon wunderbar zurecht in Deutschland. Doch als ich sie vor fünf Jahren von Griechenland hierhergeholt habe, hat sie sich ziemlich schwergetan. Schon allein der Sprache wegen."

„Sie sind aus Griechenland?", fragte Franz, freudig überrascht. „Woher genau?"

„Aus Athen. Mein Vater war in der städtischen Verwaltung als Finanzbeamter tätig und hat sich dort im Zuge der großen Krise das Leben genommen."

Xenias Augen bekamen einen samtigen Schimmer.

„Ich konnte nicht anders, als meine Mutter nachzuholen", fuhr sie fort. „Sie wäre allein vor die Hunde gegangen. Wir haben mittlerweile alles aufgelöst und hier in Deutschland neu investiert. Natürlich in bescheidenem Maße. Aber wir sind zufrieden mit dem, was uns geblieben ist."

Franz fiel auf, dass Xenia sich zwischenzeitlich umgezogen hatte. Sie trug schwarze Jeans und ein helles Wollhemd, das locker über der Hose hing. An ihren Füßen hatte sie Turnschuhe von Nike. Ihr schwarzes Haar, das sie zuvor hochgesteckt hatte, fiel bis auf ihre Schultern. Sie hatte wunderschöne, gepflegte Hände.

Franz fand es angebracht, ihr zu erzählen, was ihn in der Früh so aus der Bahn geworfen hatte, und warum er so unverhofft in der Wohnung aufgetaucht sei. Als Xenia das Stichwort Magenverstimmung hörte, stand sie auf und ging in Richtung Küche.

„Haben Sie Kamillentee im Haus?", fragte sie.

„Ja, im Hängeschrank, gleich neben der Spüle", sagte Franz.

Als das Wasser kochte, goss sie eine Tasse auf und brachte das dampfende Gebräu ins Wohnzimmer.

„Das wird Ihnen guttun. In acht Minuten ist er trinkbar. Dann geht es mit Ihnen wieder bergauf."

Franz lächelte. Diese Frau behandelte ihn wie einen kleinen Jungen, der sich beim Herumtollen eine

Erkältung eingefangen hatte. An ihr war nichts Unterwürfiges, wie er es sonst von seinen Haushaltshilfen kannte.

›Warum auch?‹, dachte er im gleichen Moment. ›Sie ist ja keine Dienstmagd.‹

Vor der Tür schlug plötzlich der Hund an. Franz hatte ihn schon ganz vergessen.

„Mein Gott, der Hund", sagte Xenia erschrocken. „An den habe ich gar nicht mehr gedacht. Er muss dringend raus."

Sie stand auf und packte ihre Sachen zusammen.

„Ich bin ohnehin schon fertig", sagte sie und machte Anstalten, sich von Franz zu verabschieden. Dann hielt sie kurz inne und fragte:

„Warum kommen Sie nicht mit? Ein bisschen frische Luft würde Ihnen sicher guttun, und ich muss mir keine Sorgen machen, einen halbtoten Mann allein in seiner Wohnung zurückgelassen zu haben."

Sie lachte.

Franz war von ihrer Spontaneität überfahren, aber geistesgegenwärtig genug, die Chance zu nutzen.

„Warum nicht?", meinte er. „So können wir uns noch ein bisschen besser kennenlernen."

Nachdem die Beiden mehr als eine Stunde isaraufwärts gelaufen waren, stellte sich der Hunger ein. Beim Mittagessen in der Emmeramsmühle, einem urigen Biergarten im Norden von München, floss das

Gespräch wie unter alten Bekannten.

Xenia war neunundvierzig Jahre alt und schon seit über zehn Jahren verwitwet. Ihr Mann war auf einem Segeltörn auf stürmischer See vor der griechischen Küste über Bord gegangen. Seine Leiche wurde nie gefunden. Kinder hatten sie keine, und eine neue Beziehung war nie zustande gekommen. Nur die üblichen Bekanntschaften und wenige, gute Freundschaften.

„Und Sie?", fragte sie neugierig. „Was macht die Liebe im Leben eines Professors, der immer von jungen, hübschen Schülerinnen umgeben ist? Oder soll ich sagen, Verehrerinnen?"

„Sie haben ja eine blühende Fantasie", sagte er schmunzelnd. „Mein Liebesleben ist überschaubar und strukturiert. Ich habe drei Frauen. Davon ist eine meine Mutter, die anderen sind Susanne, meine Tochter, und Mia, meine Enkelin. Sie sorgen mit einem klar abgestimmten Rollenverständnis dafür, dass ich nicht von der Straße falle und im Winter nicht ohne Mütze vor die Türe trete."

Beide lachten.

„Ist das alles?", hakte Xenia nach. „Keine aufregenden erotischen Abenteuer?"

„Nicht der Rede wert. Seit dem Tod meiner Frau mache ich eine Art mönchische Selbsterfahrung."

›Ganz schön direkt, die junge Frau,‹ dachte er sich. ›Aber ich mag sie. Wäre ich zehn Jahre jünger, würde ich jetzt zur Hochform auflaufen.‹

Franz seufzte.

Xenia sah auf die Uhr.

„Ich muss jetzt leider weiter", sagte sie und stand unvermittelt auf. „Was halten Sie davon, wenn wir unsere Unterhaltung zu einem späteren Zeitpunkt fortsetzen?"

„Liebend gerne", sagte Franz. „Ich werde zur Stelle sein, wann immer der Ruf der Griechin ertönt."

›War das wirklich er, der so spontan reagiert hatte?‹, schoss es ihm durch den Kopf.

Xenia lachte ihn an und gab ihm einen flüchtigen Kuss auf die Wange.

„Ich melde mich. Vielleicht schon morgen."

Als sie und Angelo um die Ecke verschwunden waren, fuhr Franz sich tastend mit seinen Fingern über die Wange, die Xenia berührt hatte. Er konnte noch nicht fassen, was er eben erlebt hatte. Er war verwirrt, aufgeregt und hibbelig wie ein kleiner Junge.

Er zahlte und machte sich auf den Weg zur Straßenbahnhaltestelle an der Cosimastraße.

Als er in der Bahn Platz genommen hatte, begann er plötzlich am ganzen Körper zu zittern. Er konnte sich nicht erinnern, so einen Sturm an Gefühlen in den letzten Jahren erlebt zu haben.

Was war los mit ihm? War er von Sinnen? Diese Frau war fünfzehn Jahre jünger als er, und er hatte keine Ahnung, wer sie überhaupt war. Sicher wollte sie nur nett sein zu dem alten Mann, ihm helfen, weil es ihm heute früh so dreckig gegangen war. Nichts weiter. Basta!

„Sie ist die Tochter Deiner Zugehfrau! Schon vergessen?", herrschte er sich an.

In seinem Innersten war Franz klar, dass er Unsinn redete. Er spürte, dass etwas mit ihm passiert war, etwas, von dem er schon lange nichts mehr wusste, was ihn erregte und ihm gleichzeitig Angst machte.

Erschöpft ließ er seinen Kopf nach hinten fallen. Sein Blick verlor sich an der Decke des Waggons.

„Frieda, sag Du mir, was los ist mit mir!", flehte er.

In dem Moment setzte sich die Straßenbahn mit einem Ruck in Bewegung.

„Etwas Wunderbares, Franz", hörte er sie sagen. „Du bist ins Leben zurückgekehrt."

Gerhard Burtscher, ein gebürtiger Österreicher, hat über dreißig Jahre in München gelebt und gearbeitet. Auf dem Höhepunkt einer Bilderbuchkarriere als Manager deutscher und amerikanischer IT-Unternehmen, zwingt ihn eine Lebenskrise, eine Alternative zu seinem „Leben im Laufrad" zu suchen. Es ist ein Weckruf, der alle bisherigen Werte in Frage und sein Leben auf den Kopf stellt.

Er steigt aus und gründet eine Marketingagentur, die sich auf die Bedürfnisse inhabergeführter Unternehmen fokussiert. Der Erfolg dieser Idee ermöglicht ihm die Rückkehr in seine alte Heimat und die dringend notwendige Entschleunigung.

Seine „vorerst letzte Häutung" vollzieht er 2014 mit dem Entschluss, sich fortan dem Schreiben zu widmen. Mit „Zälfabüabli - Eine Kindheit in Tschagguns" liefert er im gleichen Jahr sein Debut als Buchautor. „Berührungen - Ein Vollbad für die wunde Seele" ist 2016 bei BoD erschienen.

www.gerhard-burtscher.at

„Berührungen - Ein Vollbad für die wunde Seele"

Gerhard Burtscher malt mit seinen Worten Bilder für Menschen, die „etwas Licht gut gebrauchen können", wie er sagt. Mit seinen Geschichten, Gedichten und Miniaturen trifft er mitten ins Herz.

Sie erzählen vom Heranwachsen, von Liebe und Leidenschaft, von Vertrauen, vom Älterwerden und vom Tod. Offen spricht er über seinen langen Weg zurück zu sich selbst und das Alter als Chance für einen Neuanfang. Es ist kleine Literatur für die Pause zwischendurch, zum Abschalten, zum Gesundwerden, zum Nachdenken, Lachen oder Weinen. Ein Buch, das Hoffnung macht, wenn einem die Zuversicht auf dem Weg einmal abhandengekommen ist.

2016, 120S., Gebunden, ISBN 978-3-8370-7671-4
Broschiert, ISBN 978-3-8370-8106-0
E-Book, ISBN 978-3-7412-1855-2
BoD - Books on Demand, Norderstedt

„Zälfabüabli - Eine Kindheit in Tschagguns"

Kindheit als Sehnsuchtsort, als Maßstab für richtig und falsch, als fester Punkt, nach dem man manchmal Heimweh hat, wenn einen die Unwägbarkeiten des Lebens einmal an die Grenze führen.

Gerhard Burtscher schreibt mit diesem Buch eine Liebeserklärung an seinen Heimatort Tschagguns und seine Nachbarn von damals. Die beeindruckenden Bilder und die Geschichten, die er erzählt, haben all die Jahre im Ausland in seinem Herzen überdauert und sind frisch wie eben erlebt.

Es ist eine gefühlvolle und kurzweilige Lektüre, die den Leser/die Leserin behutsam mit der eigenen Kindheit in Berührung bringt und längst verloren geglaubte Erinnerungen wieder wach ruft.

2014, Gebunden, 96 S., Farbdruck, reich illustriert.
ISBN 978-3-200-03668-0
Bezugsquellen unter: ***www.gerhard-burtscher.at***